U0092884

故鄉的
樟樹下

本書收錄45篇曾經發表於各報刊的
作品，篇篇流露出思鄉感念之深情。

藍振賢／著

自序

母親養育我們兒女長大，備受艱辛，但未得到反哺之義，便辭人寰而去，為我們留下「子欲養而親不待」的遺憾。我二十歲離開故土遠走異鄉，大半人生漂泊在外，數十春秋未能到母親墳上點炷香，更是愧對母親在天之靈！

天地悠悠，魂兮渺遠，浩浩親恩無以為報，只有把一縷孝思付諸筆墨，讓母親的慈暉遺照人間。於是，我為母親寫過「母親的扁擔」、「母親的愛心和苦心」、「永恆的感懷」，以及收錄這本書中的「故鄉的樟樹下」，寫出了我的思親情懷與母親的茹苦含辛。

我們家裡有好幾根扁擔，母親的那一根磨擦得最光滑，從那根扁擔上可以看出母親為我們的家庭付出的勞力最多。母親一年三百六十五天都離不開扁擔，她挑著家庭生活，挑著兒女的成長。母親的扁擔上綴滿了日月星辰的光華，也綴滿了春夏秋冬的刻痕，最多的是母親的汗水及風霜雨雪的斑跡。

「故鄉的樟樹下」這篇，原名「樟樹‧母親」，曾刊於青年日報，並收錄本人前著「月光依舊」一書中。民國八十六年四月我返鄉探親的時候，懷著憑弔慈母的心情前往樟樹下對著那棵古老的樟樹佇立良久，感思殊深之餘攝了一幀照片留念，回到台灣後，把原文簡化，加進我在樟蔭下留影的一段，增添紀念意義，讓文意更臻完美。現在我把它收錄這本書中，並以「故鄉的樟樹下」為書名，是我對母親盡孝思所呈獻的另一種心情，我希望母親在樟樹下賣「油炸糕」的故事能與那棵樟樹同日月共春秋。

這本書收錄的四十五篇作品，大部份都經報刊發表，但都未能達到盡善盡美的境界，缺失之處還請讀者諸君賜教。

陽春三月，百花盛開，在這春暖花開時節，我誠摯祝福讀者諸君身體健康，前程像春天一樣美好。

目錄

剪貼簿與豆腐乾

民國六十二年四月至六十四年三月，我隨部隊駐守金門期間。受聘為金門唯一的刊物「正氣中華日報」特約記者，經常寫通訊稿，「正氣中華日報」上幾乎每天都有我的報導，有時候一日之中我的名字在報紙上出現二、三個，受人矚目，也使自己覺得很有光彩。

我很珍惜自己寫的東西，因此，特別製了一本剪貼簿，把刊出的稿子剪貼起來。一篇不漏，並且運用排版藝術，精心構思，美化版面，寓畫意於紙頁之中。經過兩年時間，一本二百多頁的簿子剪貼得滿滿的，其中有好人好事的表揚，有官兵各項活動的紀實，有深入基層的專訪、有部隊大型演習，訓練競賽的特寫，花花絮絮，眾色繽紛，琳琅滿目，文采熠熠，內容深厚，疊疊層層。

那本剪貼，是我駐守金門的一大收穫，當部隊移防台灣，我是帶著豐收的心情登上艨艟巨艦離開金門的。

現在，那本剪貼簿高高地擱在我書房的書架上，我視它為珍貴的文物，愛惜收藏。

在擔任「正氣中華日報」特約記者歷程中，我寫得最多的是在一個營部當政戰官的時候，每晚寫到十一、二點擱筆仍意猶未盡。那時候，我們的部隊在小金門的一個山頭上，「正氣中華日報社」在大金門，稿件要用郵寄，從我們的駐地到郵局要走二十多分鐘的路，我每天都要來回一趟，去時抄小徑，歸時走大路。草木有情，向我枝葉映掩，小鳥在樹林裡啁啾跳躍，昆蟲在草叢裡唧唧鳴叫；鳥兒蟲兒好像都對我表示親切，把我看成了朋友。我很喜歡那條路上的景色風光。

每次把信投進了郵筒，我都要到郵局旁邊的小館子買三塊滷豆腐乾，日子久了，成了那家館子的老主顧，老闆娘一看見我踏進店門就知道我要做什麼，用一個小袋子裝上三塊豆腐乾遞給我，有時候會跟我說幾句話，有時候笑瞇瞇的盡在不言中。

寫了稿，斟上一杯金門高粱，淺酌杯中酒，細嚼豆腐乾，那是我每天最有詩意，韻味無窮的一段時光。

忝為「正氣中華日報」特約記者，已是三十多年前的事情了，三十多個春秋斗轉星移，多少事物隨著流光消失的無蹤無影，而我那本剪貼簿依然存在，難能可貴。曾經很多次我從書架上拿下來翻閱，每當在字裡行間重溫往日情景，我都會悠悠然地忘卻現實的煩愁。一陣沉潛過後，意識深處發出一句話：「想不到當年留下的一件事蹟，會成為我現在的一種享受。」在這心靈的聲音裡彷彿夾雜著當年豆腐乾的滷味，而使我會心一笑。

英文字母與海浪齊飛

當兵的時候，有一段時間我對學英文下過一番工夫，我曾經志在四方，希望在英文上求取成就，將來當外交官，躍身國際。

那時候我們的排駐守金門北端一處突出的地方，那個據點三面環海，形成半島，地勢險要，「亂石崩雲，驚濤裂岸，捲起千堆雪」，是沿岸景觀的寫照。

在「驚濤裂岸」邊，我每天晚上都要站兩小時衛兵，那兩小時是執行防衛任務，也是我學英文的時間，那時候部隊擔任建築太武水壩工程，早晨天朦朦亮就向工地出發，到傍晚才返回駐地，吃飯洗澡後，還要為菜地澆水；我們克難生產，利用防區附近的空地，種了很多菜，應時菜類滿園青綠。我們還種有高粱，收成後上級會來收購，那是各班的福利。我們的生活中有披星戴月，有圓鍬十字鎬起起落落的聲音。白天我跟著大家忙，沒有時間求學，因此，只有利用晚上學英文。

我學英文，不會拼音，只記字母，譬如「你」，我就念YOU。「書」，我就念BOOK。「沒有」，我就念NO。我知道這樣學法不是正當途徑，但在找不著老師指導的情形下，我只有從英文字典上抄下來念，我相信只要我肯努力，日子工夫深，一定會有無師自通的時候。

古時候有人囊螢映雪，借螢火雪光照亮書本讀書，我讀英文是映著夜間的天白。每天晚上就寢前用毛筆在白紙上寫幾個生字，放在口袋裡，站衛兵時帶到崗哨上，一個一個強記，一遍一遍念，直念到滾瓜爛熟，背誦如流。每一個英文字母我都寫得像報紙標題字那樣大，在天白的映照下，清晰可辨，有月亮的晚上更是看得清楚。

海浪在崗哨前泛著波光，有時也泛起幾點綠色的磷火，浪濤發出前仆後繼的聲音，我面對大海，心卻在英文，全神貫注，常常忘記自己的存在，而疏忽責任。有一晚排長走到身旁了，我還沒發覺。排長把我手裡的英文拿了去，看了看，望望我，沒說什麼便走開了，我驚愕之餘，準備接受嚴厲的處分。

第二天晚飯一過，班長便叫我帶著個人的全副裝備到連部報到，我心裡想，不是去坐禁閉，就是去受軍法審判。結果，都不是，而是調到連部去當傳令兵。老士官長悄悄告訴我：「連長有意讓你有更多的時間求學，你要更加用功呀！」感激長官對我的看重，一時我歡喜得幾乎流下淚來。

也許有人要問我：「以後，你的英文一定學得很不錯？」沒有，到了連部，一個意願的轉變，我竟把英文疏遠到了一邊，會有這樣的情形出現，連我自己都沒想到。使我意願轉變的原因是，連部有報紙好看，我愛上了副刊上的文章，每天都讀完全版，並且做筆記，把好的句子抄錄下來。我無意於外交官了，我要當作家，讓自己的名字出現在報刊上，多麼光彩。

站在海邊的夜空下，映著天白讀英文，已是幾十年前的事情了，記憶猶新，每當回想起那時情景，就覺得英文字母與海浪在眼前齊飛；那是我人生路上的一個景點，很有情味。

撿拾殘餘的那個男孩

民國四十年我隨部隊駐守金門期間，金門居民普遍貧窮，生活清苦。那時候金門島上沒有樹木，只有遍地蔓蔓黃草，放眼四野，一片荒涼。人們所耕種的的田地都是沙土，不能種植稻穀，只能種植高粱、地瓜、花生，因此他們的生活中很少有白米飯；一鍋子地瓜稀飯，一盤子帶殼的花生，喝幾口稀飯，剝幾顆花生，這是他們大多數膳食的情景。

因為生活貧苦，我們駐地出現了這樣的情形：兩個婦女、一個男孩，每天我們吃午餐、晚餐的時候，都到我們開飯的地方來撿拾我們飯後的殘餘，把存留在盤子裡的東西倒到盆子裡去，一口菜湯一點菜屑都要，有時候一片菜葉黏在盤子上倒不出來，就用手去拈，或把菜盤往他們盆子上敲一敲。每次收到小半盆東西端回家去時，臉上都綻放出歡喜的笑容。

那兩個婦女都三十多歲，她們每次等在場外時都神情靦腆，臉向外，偶爾望過來一眼，也顯得羞怯怯的。也許就因為她們覺得那樣端著盆子撿拾殘羹剩菜難為情，而只來一段時間就不再來了。

那個男孩「獨享其利」了，每次收到大半盆湯湯水水的東西走向歸途時，更是歡喜得眉開眼笑。

那個男孩家有七十多歲的老祖母，五十多歲的母親，境況寒傖。有一天我到了他家裡，他們正要吃晚飯，桌上放著一鍋子地瓜稀飯，一盤子帶殼的花生，稀飯在冒著熱氣。

看見那鍋稀飯，想起我的童年，小時候我也是吃稀飯長大的，常常一盆粥，湯多米少，稀粥擺在桌上幾乎可以照見屋瓦桁樑。

也許就因為那男孩的貧苦生活與我小時候經歷十分相同，那天以後我對他產生了憐憫心情，有時候我們有比較好的菜，我就會夾一點放在碗的一邊，自己吃白飯，等同桌的弟兄離席後就把菜倒到他盆子裡，讓他帶回去「打牙祭」。

幾個月後部隊移防，在來接我們防務的那個單位裡我有一個朋友，他答應我的託付多照顧那個孩子，我很高興，不多久一次戰鬥演習中在野外與那位朋友相遇，他告訴我，他們連上現在克難生產養了豬，剩飯剩菜不外流，對那男孩愛莫能助；我為那男孩沒有殘羹剩菜好收難過了好幾天。

二十多年後，我隨部隊第二次駐守金門，一個假日我回到以前那個防區作了一次舊地重遊，居民告訴我當年的那個男孩現在已為人師表，在一所小學教書，我為他事業有成稱慶。那天，我對著以前我們開飯的那個坪子佇立了好一會，凝神中，我彷彿聞到了當年的飯菜香，彷彿看見了當年那個男孩的影子，彷彿看見當年的自己，心中一股愉悅感，雋永悠長。

心靈的轉機

電視頻頻播出，某些政治人物貪瀆欺民，我嫉惡如仇，無奈身為一個小老百姓，發生不了什麼作用，而悒鬱於懷。

身罹重疾，兩腳不良於行，難與外界接觸，終日侷限屋頂下，生活單調，寂寥抑壓的情緒，找不著宣洩釋放的去處，而悶悶不樂。

年逾八旬，晚境孤單，前塵往事常常一幕幕在記憶中重現，人生無歸路，歲月不回頭，很多錯失了的事情，良機不再，而有傾之不盡的嗟嘆。

前面這幾種情形，攪擾得我幾乎神經錯亂，常常陷入思緒的泥淖而難以自拔。

我曾很多次叫自己以平常心，面對社會現象，不要忿忿不平。天理昭昭，為非作歹自會受到報應。可是，厭惡之情難以自制，每當看見一身污髒的人還在盛氣凌人，心情就會失去平衡。

也曾很多次安慰自己，人生一世，誰都不可能好景常在，尤其到了晚年，更難免有不如意的狀況出現，像我現在這樣情形的，天底下不知有多少。我的人生經歷過海闊天空任遨遊，足跡踏遍黃河兩岸大江南北，看見過千里冰封，萬里雪飄，到了晚年受這點折難又算何憾。可是，儘管我這樣想，而往往聽見窗外一聲蛙鳴一聲鳥啼，就會對外界的風光，產生嚮往。

「錯失了的，怎麼追悔也徒增神傷，你錯失了很多，喜獲的不是也很多嗎？別讓追不回的折磨自己，多重溫喜獲時的美好心情，才是聰明的。」這番話我對自己說過很多遍，的確也曾盡力把自己的思想導至這個方向。可是，每次想著想著，那些錯失的前情往景，又在我不自覺中像精靈一樣竄進腦際。於是心裡又發出追悔的聲音：「那樣反掌折枝之易的事情，我為什麼不前進一步，把它採摘，而讓它稍縱即逝，像一隻鳥飛去得無蹤無影！」「她有意給我營造了那樣一個良機，我為什麼鼓不起勇氣去接納去擁有，而讓它像曇花一現，空留一個遺憾的記憶！」……追悔聲中夾雜著慨嘆，我慨嘆未能積極一步而影響了前途。我慨嘆缺少面對現實的勇氣，或不了解女人心而失去愛情。我慨嘆少壯不努力，而一生平淡無奇……。

對社會現象的不滿，對身軀障礙的感受，對錯失良機的追悔，像幢幢魔影緊跟著我，想揮也揮不去，想驅也驅不散，攪擾得我的情緒「剪不斷，理還亂」，有時候睡不安枕，有時候食不安席，一位鄰居對我說：「你瘦了！」我自己也覺得容顏在日愈憔悴。

這一天，我被魔影攪擾得腦子脹痛，心扉像被一千把鎖鎖著，心情焦躁得行也不是坐也不好，恨不得衝破地殼離現實而去。在屋裡轉了幾個圈，最後重重地把身軀往椅子上一扔，嘆口氣，百般無奈中，一眼觸及木櫥上一台收音機，不安的情緒頓時鎮靜了下來。

那台收音機是一位出家女師父送給我的，用了一段時間因發生故障而沒再用它，啊，擱在櫥子上很久了，拿下來看看，希望能整修好，聽聽收音機來改變改變心情，別老是沉浸在那雜亂的情緒中，看樣子我是罹患了憂鬱症，再這樣下去，將會很悲哀。

那台收音機已經蒙上一層厚厚的灰塵，對著它，我的心中有一種冷落了它的情懷。說來也玄，以前我費了好一番工夫都沒把它整修好，現在只輕輕地敲了敲拍了拍，它竟響了起來，我心頭一亮，喜出望外。

電台播出：「椰子樹的長影，擋不住我的情意，明媚的月光照亮了我的心，這月夜已經這樣沉靜，姑娘啊，妳為什麼還是默默無語？」好優美的情歌！接著播出鄧麗君的「何日君再來」，隨後播出地方小調，客家民謠，我聽得陶然忘我，當神智從歌聲琴韻中返回現實，覺得這世界亮麗了起來。

這天以後，我與收音機結了情緣，我愛聽它播出的歌曲、民謠、戲劇、笑談，跟著情節發出笑聲，跟著節奏打節拍。聽著聽著，悠揚的歌聲變成了長空，變成了大海，變成了空山幽谷，我在長空翱翔，在大海優游，在空山幽谷聽鳥唱泉吟，每當興盡歸來，又過了一天安逸時光。以前那些煩愁離我而去了，心情一片寧靜，心境一璧明亮。

感激師父送收音機的德意，那台收音機像一隻有力的手，把我從泥淖悒鬱中攙扶了起來。

我也欣慰自己，在陰霾瀰漫裡，能一個轉念，開創另一片心境。

輪椅上的感懷

筆者罹患椎骨壓迫神經，引起兩腿麻木，行動困難，生活不能自理，雇用了一名印尼少女照顧起居生活。時間過得快，兩年的僱用期限轉眼屆滿，印尼少女回國去了。原想另外僱用一個來繼續照顧生活；但又深感過去的那兩年因雇用外勞，經濟負擔太重，使家庭陷入困境，而打消了意願，與兒子媳婦商量結果，我今後的起居由媳婦負擔，把雇用外勞的錢省下來改善家庭生活。自此，媳婦很辛苦，要照顧孩子，要照顧我，須料理家務等。我很不忍，但環境如此，只有委屈她了。

媳婦照顧我很週全，我的寒暖她隨時都放在心上，吃的用的都不讓我缺少，使我感到身邊沒有了佣人，生活還是很幸福，唯一沒有以前那樣適意的，是不能到外面去散步。

以前，每天外勞都會用輪椅推我到戶外去走一走，或清晨，或傍晚，或晌午，外勞任我使喚，我說要出去，她就用輪椅把我往外面推。現在我不能坐著輪椅去親近大自然了，原因是媳婦身子單薄，推不動我，兒子在外工作了一天下班回來，一身疲勞，我不忍增加他的負擔。

因為不能再到外面去走動，生活侷限於屋簷下，呼吸不到外面的清露晨流，看不到夕陽無限好彩霞佈滿天的美景，聞不到田園的泥土氣息，感受不到原野的秀色幽香，起初的一段時間尚能適應，漸漸地，越來越覺得生活中缺少很多，對外界的景色，越來越嚮往，到最後，聞到外面飄來一陣花香，聽到外面一聲鳥啼，心頭都會浮湧起一股「外界風光非我有」的感傷。半年過去了，這一天我想到一個兩全其美的辦法，把我給家庭改善生活的錢，勻一小部份出來，僱用一個臨時女傭，或隔一個禮拜或幾天，推我到外面去走動走動，隨叫隨到，每次半天或幾小時，以鐘點計酬。我跟兒媳商量，他們欣然同意，媳婦隨即對兒子說：「盡快去給爸爸請一個人來。」這些時間來，媳婦有意不讓我整日生活在屋裡，但又力不從心，於是，看我鬱悶，她的心情也不開朗，現在心理上的那種感受解除了，她很高興。

很順利，幾天後就在鄰近村莊，請來了一個名叫阿純的少婦，我又坐上輪椅走向大自然了！當社區外面遼闊的原野映入眼簾，一種海闊天空無限江山的舒暢感，使我幾乎要唱起歌來。

在社區路口上停留了一會，舉目向田園景物作了一番「別離又相逢」的喜悅巡禮，我叫阿純向前村走去。前村，我居住過十五年，與那裡的人們景物建立起了深厚感情，留下很多難忘的回憶，遷來這裡後常回到那個地方去，與舊日鄰居喝茶，閑話世事家常，重溫舊日人情。

到了前村，我都會去福星山公園遊一遊，福星山公園就在前村旁邊，風光明媚，景色優美。住在前村的時候，每天清晨都會到那片幽境去散步，與園中的花草樹木共浴晨曦。久違了，兩腳不良於行後，就沒再去遊賞園景。印尼女孩照顧我的時候，好幾次都想叫她推我去公園走一走，但她個子矮小，體力有限，看她面有難色，又不忍勉強而作罷了。

現在我看阿純體格很好，便問她：「到公園去，推得動嗎？」她說：「慢慢走，累了就歇一歇。」

過了山崗，再往前走一段路便到了前村，老鄰居們好熱情，他們說我這麼久沒過那邊去，常有人念起我，我聽了好溫馨。在其中一家喝了一杯茶，逗留了好一陣，去到公園時，有幾個老年人坐在花台邊談笑風生；公園裡還充滿晨間氣息，想來他們是早晨出來運動還沒回家的。

阿純推著我在曲徑上走了走，看了看花姿，聞了聞花香，我看她累了，便到亭子裡小憩，在石椅上一坐下，便記起在我腦海留下深刻印象的一件事情，而對阿純說：「下次來，我們買便當到這裡來吃野餐。」

幾年前有一天，為了添加生活情趣，我在這亭子裡吃過一次野餐，買了一個便當，裡面有一隻雞腿，一個滷蛋，一塊炸排骨，還有兩樣小菜半盒米飯，內容很豐富，其實我要品嚐的是情境韻味，不是口福，正如先賢歐陽修說的：「醉翁之意不在酒，在乎山水之間也！」我先吃雞腿，嘴裡嚼著肉，心靈卻向亭子外的風光景色游去了。這時微風陣陣，樹葉輕搖，日近中天時候，樹木的影子短短的，別有一種景觀。小鳥在枝頭唱歌，夏蟬在林間鳴叫，「蟬噪林愈靜，鳥鳴山更幽。」那鳥唱蟬鳴，使那近午時分遊人稀少的公園，顯得格外靜謐。不自覺中，心靈被山光秀色蟬鳥鳴聲的幽情引到忘我的境界，當我從那境界返回現實，發覺手中的雞腿只剩一根骨。不知何時來了兩隻流浪狗，站在亭子邊，以企求的眼光望著我，看牠們很飢餓，便把剩下的菜飯都分給牠們吃了。

我給阿純講這個故事，阿純聽了，喊起來：「啊，那您自己只吃一點點嘛，伯伯，您好好心呀！」我對她說：「也許有緣才會跟牠們相會在一起，看牠們吃得津津有味，我感受到了一種野餐之外的快樂。」她問我：「伯伯，佛家說，人要廣結善緣，善緣開的花結的果，是人世間的最美，您對動物那樣好心，是不是也在結善緣？」我回答：「人人有我愛萬物、萬物為我而存在的心懷，會使地球更美麗。」

十一點許遊罷公園，踏上歸途，我對阿純說：「我們剛才經過的那個村子的最下面一排房屋，我有一個朋友，我要去看看他，他跟我一樣兩腳不會走路，他沒有我好，我有錢請人照顧，他沒有。」

阿純回應我：「伯伯，我很喜歡您這樣的老人家，自己幸福的時候，不會忘記不幸福的朋友。」一隻小鳥在樹枝上發出一聲啁啾，好像與阿純共鳴，我笑了笑。

在去朋友家的路上，心裡想：我能為他做些什麼？

永恆的感懷

睽別家鄉半個世紀，那年，一個風和日麗的四月天，我遠從台灣返鄉探親，喜洋洋，心裡唱著歌。少小離家，異地風霜催白了鬢髮，在有生之年能夠回到生長的地方親炙故鄉泥土，沐浴故鄉人情，一睹久別數十春秋的故鄉風貌，是我人生的一大幸運，我感覺到自己的人生意義，昇華了許多。

我在家鄉住了十天，每天來看我的鄉親，應接不暇，他們帶給我溫馨、親切、關愛，帶給我古樸純真彌足珍貴的鄉土情懷，我深深感動。

在我回到故鄉的第五天，和前幾天一樣，來看我的鄉親到晚上八點多鐘，陸續散去了。月色清明，我到戶外去舒展身心，青蛙在田間敲鼓歌，昆蟲在四野演奏夜曲，陣陣清風吹拂得莊稼在月光下閃閃耀耀，故鄉的夏夜像一首優美的詩章。我在門前小溪畔徜徉了好一陣，拾撿了很多童年記憶，最後在小橋上坐了下來。

小橋改變了，以前的是木板橋，現在是用洋灰築成的，一股思古之幽情，浮上心頭，我緬懷起木板橋的原始情味。

在橋上盤腿而坐，面向上游。溪水映著月光在橋下緩緩地流，有細碎的流聲，偶爾有游魚跳出水面。從前橋下是一個潭，現在似乎淺了些。

想起從前，我記起一件童年往事，以前那邊溪坎上有一個黃蜂窩，我被黃蜂螫過。在我小時候那個年代，小孩子玩水爬樹是會被大人罵的，我喜歡玩水，喜歡爬到樹上去摘果子捉小鳥，被父母罵過很多次。有一天我在這橋下泅水，玩得正高興的時候，聽見母親的罵聲，我抬頭一看，母親站在橋上，手裡握著竹鞭子，我一驚慌，想攀溪坎而逃，爬到一半，一群黃蜂在眼前飛起，我「哎」一聲，一個仰翻跌回溪裡，幾隻黃蜂還緊緊螫在我身上，我痛得又叫又喊，兩手亂拍一氣，結果我被螫起幾個包。

回到家，母親一邊罵，一邊用燈盞裡的油給我搽被黃蜂螫的傷。

吃午飯的時候了，我坐上飯桌，母親嘴裡說著：「搞水搞飽了，不要吃飯。」手上卻把一碗飯端到我面前。

吃飽飯，我要求母親：「媽，爸爸回來不要跟爸爸講我又搞水啊！」

「不講不行，不讓你爸爸好好教訓你一頓，你改不了頑皮。」

我頭一低，心懷不安，正要走向書房，母親卻轉怒為愛起來，叮嚀我：「記住，爸爸問你額上怎麼會一個包，你就說不知被什麼咬的。」

天地間母愛最偉大，母親永遠是站在兒女這一邊的。

那回還鄉，因身罹重疾，行動困難，拄著枴杖走路也走不遠，母親的墳墓在一處車輛去不到的山坡上，我無法走那段路，而沒到母親墳前點炷香祭拜一番，只辦了一副三牲酒醴請弟妹代我向母親致敬，心中殊感未盡孝意，回到台灣好一段時間後，仍耿耿於懷。其實我這種心情是不具深意的，那回還鄉即使到母親墳前深深地跪了三拜，也難盡對母親的感愧於萬一，因為我小時候很不聽話，使母親傷過很多心；一個在父母生前不知以孝事親的兒女，在父母辭世後，再以豐盛的祭品祭拜亡魂，又能彌補什麼？

故鄉的樟樹下

我的相簿中，有一張照片是在家鄉一株樟樹下攝的，每次翻閱那張照片，我都彷彿聽見母親炸「油炸糕」的聲音，心靈裡有著對母親無限的懷思。

家鄉有一個墟場，是方圓百里最大的一個買賣場所，最繁盛的一處貨物聚散的地方。五日一墟，每逢墟日商賈雲集，赴墟的人從四面八方而來，上街、下街、橫街、牛行、豬仔行、雞兔行、米豆行、菜行、雜貨行……萬頭攢動，熙來攘往。走江湖變把戲的吆喝聲，做買賣的討價還價聲，熟人見了面的寒暄聲，響成一片，熱鬧景況，使得在墟場邊上繚繞而過的那條河水，更顯得波光瀲艷。

墟場中間的空地上，有一株樟樹，那是一株古老的樟樹，沒有人知道它有多少年代了，雖然老朽中空，但仍繁葉星披，蔭遮數丈。樹幹粗得不知要幾個人才能合抱，我只記得有一次跟同學到樹下去遊戲，七八個人躲在樹的那一邊，這一邊的人還看不見。樹根像張開的手指，浮長在地面，向四面八方伸展，長的伸向二、三丈遠，每一枝都粗得像水桶，遠看，那些樟樹根像一群巨蟒盤纏在一起。在最根部有些泥土散落的地方，可以容納幾個人在裡面躲雨。

一枝最粗大的樹根旁邊，有一口用幾個扁平的石頭堆砌成的小灶，任何時間去看灶坑裡都留有黑灰殘炭，那枝樹根被坐得光滑發亮，那是母親賣「油炸糕」的地方。

父親辭世後，母親為了養育我們幾個孩子長大，茹苦含辛，家無恆產，租種了幾塊薄田，一年收成不夠半年的糧食，母親擔柴賣木，幫人做零工，以維生計，墟日就到墟場炸「油炸糕」賣，掙些錢貼補家用。

每逢墟日，雞鳴一巡，母親就要起來磨米漿，人們都在酣睡，她卻在「披星戴月」。夜半更深，磨石轉動的聲音顯得格外清晰，而且大地的脈搏似乎都有被震動的感覺。好幾次，我聽見棲息在屋後刺蓬裡的小鳥被驚醒，發出「啁啾」之聲，好像埋怨母親擾其清夢，又好像為母親的辛苦而共鳴。磨好米漿，東方既白，天將破曉，母親忙著煮早飯，給我準備午餐，做生意的「行頭」，昨晚就準備好了，一隻籮子裡放著一只盛米漿的瓷缸，另一隻籮子裡裝著的是火柴、一個鍋子、一把炸瓢、幾副碗筷湯匙、一罈子佐料，為了使擔子平衡，米漿的這一頭，往往另加一小捆柴，吊在扁擔頭上。

每逢墟日，我上學的時候，都跟母親走在一起，因為我的學校就在墟場附近。母親走在前頭，我跟在母親後面，朝陽把我們母子倆個的影子長長地印在地上，母親影子上的那個擔子像一個枷，其實那的確是枷，生活的枷。母親走一段路又把擔子換一下肩，擔子從這邊肩頭挪到那邊肩頭，要費很大的力氣，母親的艱辛，從換肩上流露無遺。慈母艱辛的影子，映現出我們家境的貧窮，我為自己貧窮的家境難過。

母親的「油炸糕」，每次都能賣五升米的數量，但利潤很薄，一天生意做下來，賺到的只能買半斤油鹽，或幾尺粗布，而母親所付出的辛苦，卻是無法估量的。

在那株古老的樟樹下，母親受過多少風吹雨淋，日曝寒凍。寒冷的冬天，凜冽的北風刮來，母親承受著，她的手和臉部紅紅的，叫人分不清是被寒冷凍紅的，抑是被油煙灶火薰紅的。炎夏的午後，樹影東移，烈日從西邊斜照過來，母親承受著，她的手和臉也紅紅的，又叫人分不清是被烈日曬紅的，還是被油煙灶火薰紅的，多少次，早晨出門時，天高氣清，到了晌午，驟然雨至，下一陣又晴一陣，逢到這種情形，母親就會手忙腳亂，三番兩次熄了灶火又另起爐灶，有時雨來得突然，叫人來不及防備，雨點落在熱的油鍋裡，一陣「漬漬」鬧聲，激起油沫四濺，母親臉上有幾個疤痕，就是被油沫烙上的。

我十六歲那年，母親積勞成疾，與世長辭，那株古老的樟樹下，再沒有母親的身影，再沒有油炸糕的酥香，那片境界只剩下樟樹的披蔭與天上的白雲共悠悠。

我二十歲在戰亂中遠離家鄉，從此與故鄉山水、故鄉親人兩茫茫。很慶幸，五十多年後，能有機會重歸故土，從台灣回到生長的地方，與家人久別重逢，歡聚一堂。

一趟探親之行，在家鄉住了十天，收穫很多喜悅，留下很多難忘的記憶，最珍貴的是我在樟樹下攝的那張照片，因為有了那張照片，我更不會忘記母親養育的天恩。

莫負父母一片苦心

自古有云：「榮華富貴過眼雲煙。」說明世人淡泊名利。但「金榜題名時」的榮耀，卻永遠是為人們所樂道的。

軍旅途中，由士官晉升軍官，是最難攀登的一個階梯。因此，多少人在士官職位上就結束軍旅生涯。我很幸運，躍過了這一關，參加軍官學校招生考試，榜上有名。此情此景雖然不能與「金榜題名」媲美，但能在千萬應試者中，躋上名位，聊屬難能可貴。於是我歡喜得唱起了歌，意氣昂揚得幾乎要登上高崗，仰天長嘯。

由尉級軍官晉升校級軍官，也是一段難以到達的過程，多少人官至上尉就無法更上一層樓，被限階退伍，懷著壯志未酬的心情，解甲為民，走向另一個人生旅途。而我也很幸運，登上了那一關，上尉年限一屆滿就升上了少校，肩上綻開了一朵梅花。

我的少校官階是一位少校師長，為我配掛上去的，那年慶祝元旦大會與授階典禮同時舉行，地點是在小金門福樂山莊大禮堂。那天是我人生大放異彩的一個日子，雙重喜事加身，我喜獲授階，也榮獲一個優良事蹟獎。在部隊駐守小金門期間，我受聘為金門刊物「正氣中華日報」特約記者，經常寫通訊稿，宣揚政策，報導部隊動態，表揚好人好事，鼓舞軍心士氣，深獲長官器重。同時我愛好文藝寫作，常有作品在副刊上發表。因此，「正氣中華日報」上幾乎每天都有我的名字，有時一天之中出現二、三個，而得到很多讚賞。這就是我的優良事蹟。

在部隊由台灣移防金門後，上級為了我的升遷，把我調換了三個服務單位，因而我認識了很多長官和同事。在那天慶祝大會上，那些長官和同事都看著我肩上換上新的官階，看著長官把一份獎品頒給我，他們的臉上都表露出為我歡欣、祝賀的表情，還有一種「與有榮焉」的情誼，蘊含其中，令我喜悅得幾乎喊出聲來。

我的筆墨很平凡，但也為自己寫出了好些光彩，最風光的是，睽別家鄉五十多年，遠從台灣返鄉探親時，帶著七本自己寫的書回去送給鄉親。像我這樣離鄉背井多年返回故土的，在我那個鄉鎮有十多個，但在筆墨上有我這樣成就的，卻只有我一枝獨秀，於是我得到鄉親們的另眼看待，讓我感到這是人生莫大的光榮。

人生旅途上，曾經有過灰心喪志，幾乎走向自甘墮落的時候，原因是，一連兩年投考軍官學校都名落孫山，在寫作上也連連遭到退稿。一個夜晚，無星無月，大地一片黯然，我買了一瓶小高粱酒，坐在營區旁邊的草地上，一口又一口喝著悶酒，一次又一次自我呢喃：「從此不要再追求什麼，讓幾十年人生清閑過，落得安樂。」

風不吹，樹不動，夜空下的鬱悶，令人有窒息的感覺。

一瓶酒喝完了，沉思了一陣，內心深處發出一句話：「如果我一事無成，怎麼對得起父母養育的苦心。」

於是，我丟掉手中的酒瓶，霍地從草地上站起來，舉目遠眺，告訴自己明天以後要如何去做。這時星月從雲層裡露了出來，光芒照亮了大地，照亮了我的心靈，也照亮了我的前路。

有志竟成意悠揚

小時候我的書房是在一間小樓上，書桌旁的牆上有一個壁櫥，裡面擺有幾本古書，都被蠹虫蛀蝕得殘缺不全。其中有一本西遊記，一本南柯一夢，我最喜歡那兩本書，百讀不厭，不知看過多少遍，我從小愛讀文藝書籍，欣賞詩詞，父親愛寫詩，一本簿子上寫了很多古體詩，我每次到他房裡都要翻閱一番，只是瀏覽而已，並沒認真記它，因此，到現在只還記得其中的一句：「沙鰍難比黃鱔長」。

我學寫作是二十二歲開始的，那時隨部隊駐守金門，職務是傳令兵。第一篇習作是一首小詩，記不得寫的什麼了，只記得那天完成那篇作品後，輕輕地哼起了小調。

初試啼聲我便開始投稿，把那首小詩投寄「正氣中華日報」。青澀的東西自然未被採用，我有點失望，但沒喪志氣餒，反而興趣與日俱增，越寫越勤，越寫越多。

「正氣中華日報」是那時候金門地區唯一的報刊，我喜歡副刊上的文章，每天都看完全版。起先只是看而已，漸漸地由欣賞別人的作品而對寫作產生欲望，除了閱讀，還做筆記，把好的句子優美的描寫抄錄在一本簿子上，另找時間強記背誦。一個意願在心底萌了芽，將來我也要當作家，讓自己文章、讓自己的名字在報紙上發光。

讀報、學寫文章，成了我生活中最熱愛的一件事情，我的時間除了執行軍人的任務，便是潛心於文字之間。那時候部隊很忙，除了操課，還要構築防禦工事，擔任戰地建設：開公路、築水庫、植樹造林。我們的生活中除了刀光槍影，還有圓鍬、十字鎬交織的聲音。我們黎明即起，到紅日西沉才能回到海邊碉堡駐地。我生活中比別人多一件事，因此我把時間看得特別寶貴，我要利用它追求理想，創造遠景，一分一秒都不錯過，部隊在操課、工作中休息十分鐘的時候，弟兄們吸煙笑談，消享輕鬆時刻，我卻急忙拿出報紙來把心情投入字裡行間。因為這樣，在駐地旁，在操場的一隅，在工地的一角，隨處都可看見我拿著報紙聚精會神的情形。

我先後隨部隊駐守金門兩次，第一次與第二次之間相隔二二年，我第一次踏上金門時，那個島上沒有一棵樹木，放眼四野黃草萋萋，一片荒涼。第二次到金門時，那個島上處處綠樹成林，一片翠秀，二十二年的時光改變了金門的景觀，也讓我把人生景觀改變了很多；第一次駐守金門時我是「正氣中華日報」副刊的讀者，對寫文章充滿嚮往。第二次駐守金門時，我成了「正氣中華日報」副刊的園丁之一，常有文章在那塊園地上發表，名字出現在文字的花團錦簇境界之中。

我是二十歲離開家鄉，遠走征程的，半個世紀後從台灣返鄉探親，我童年時讀書的小樓仍在，只是牆壁被歲月浸蝕得斑斑剝剝。家人刻意安排我睡在兒時的那間書房，我重溫舊室，勾起無限回憶。

壁櫥的書堆裡沒有了西遊記和南柯一夢，加上了七本新書，那是我寫的書，近幾年陸續出版寄回去的。看見家鄉的窗櫥裡擺著我的著作，我的心情激動了起來，我激動自己的人生竟有那一幅「景致」出現，那是多麼綺麗的一景啊！

面對著那七本書，心頭湧起很多感想，我想起金門，想起「正氣中華日報」。回首寫作的來時路，覺得曲折、崎嶇，走得很辛苦，但辛酸中也含蘊著得意的韻味。

我從事寫作多年，有著很多的回憶，最得意是第二次駐守金門的那段時間，每當看見自己的作品出現報端，心靈深處都會發出聲音：「以前我欣賞人家的文章，現在我有文章給人家欣賞，有志竟成，如願以償，啊，我好歡欣！」感覺中還有一種要飛起來的情懷。

青山笑了

摯友沐棠在電話中對我說：「我準備找個時間讓你到外面來呼吸呼吸新鮮空氣，調劑調劑心情。先到我這裡喝喝茶，隨便弄點東西吃吃，然後回到我老屋那個地方去看看山裡風光。」

「我行動這樣困難，出門要坐輪椅，怎麼能到那樣遠的地方去？」我有些激動。

「我叫信榮開車接你來、送你回去，把輪椅帶著來，我們會扶你上車、扶你下車。」

「這樣太麻煩了！」

「不把它看成麻煩、就不會覺得麻煩。我決定這樣做了，你先作心理上的準備。你有很長時間沒到象山村來了，出來作一次舊地重遊，或許能讓你寫出一篇特別好的文章來。」

雖然以坐輪椅之軀出遠門，安全上有顧慮，但第三天還是興致勃然讓沐棠和他姪兒信榮開車來把我載了去，因為我嚮往回象山村去重溫舊地的風土人情。

那天我去到沐棠家門前下了車，並沒立刻進屋裡去，而面對象山村的景物佇立了好一陣。我年少時在沐棠家當過一年多工人，與象山村的山水有過深厚感情，如今面對舊地的青山碧樹，一種親切感幾乎使我要張開雙臂把它們擁入懷中溫存一番。

吃過午飯，再喝了一杯茶，信榮便開車載著我和沐棠往村子裡頭駛去。

象山村是一個山村，距市鎮五、六里路，三面環山。一條小溪發源於村頭山麓，沿著山腳經村子中央蜿蜒流出村口。清澈的溪水映著藍天白雲，映著山光樹影，映著小橋，溪裡有魚兒游來游去。

象山村很多山窩，大山窩裡的小山窩像葉脈似的岔開。人們散居在山窩裡，有的單獨一家，有的三兩戶一簇，他們雞犬相聞，這邊山窩劈柴，那邊山窩都聽得見，有時各家各戶煙囪昇起的炊煙都會飄在一起。居民大部分都以種茶種稻為業。茶園滿山岡，每當新茶吐香季節，整個山村茶香四溢，連小溪裡的流水都有茶的芬芳。採茶的姑娘穿紅著綠，像一群花蝴蝶散佈在茶園裡，手上採著茶，嘴裡輕輕地唱著歌；那是茶山的一景，也是茶山的一首詩章。

象山村原住著二十多戶人家，多年來隨著工商業的進展，人們陸續往外遷移，有的搬到城鎮去了，有的在村子口另建了房屋，沐棠的家就是從村子盡頭搬到村口新建的社區來的。因為這樣，漸漸地，村子深處成了沒人居住的地方，只剩明月照空谷，山鳥鳴荒村。由於久了少人行走，原有的道路幾乎被荒草淹沒，於是現在信榮車子開得很慢，只緩緩駛行。

一路上我瀏覽著風光，也沉浸在一種悠悠渺渺的境界裡，感覺中我彷彿看見了當年的雲霧，看見了當年的月光樹影，聞到了當年的花香，聽見了當年的鳥唱泉吟。

在沐棠的一塊茶園邊經過時，我油然記起一件事情，有一天在那塊茶園上鏟茶草，手上揮著鋤頭，心神卻在苦思文章中的一個句子，突然「煞」一聲把我驚醒，發覺一枝標標的茶樹被我攔腰鏟斷！我愣住了，面對東主（沐棠的父親）又驚慌又難為情。

「阿相柏！」我拾起茶枝，捏在手裡，不知對東主怎麼說才好。

「不要難過，不要難過，你不是故意的，我不會責怪你。」東主安撫我，並把茶枝丟到一邊去。

一個名叫阿尚的，一向妒忌一個採茶姑娘對我好，這時他竟乘機借題發揮，在一旁對東主說：「阿相柏，他一定是想阿純想迷了心！」

東主慈祥地問我：「你是不是在想怎樣寫文章想出了神？」

我點一下頭，感動東主這樣瞭解我的心情。

「莫再做鬼嚇人了，讀了幾年書？喝了幾滴墨水？要寫文章！」阿尚一臉不屑的表情。

東主指責他：「阿尚，你這樣打落人家不可以，你應該鼓勵他，希望他將來有成就。」

阿尚認定我讀的書少，不能成材，我自己也曾覺得，僅有小學畢業的根基，從事寫作難有所成。但回心一想，王雲五先生也只讀幾年書，後來成了大學問家，名滿學界，於是我勉勵自己，只要肯學，肯努力，一定能寫出一些成就來……。

好像是心有靈犀，使沐棠感應到我此時想起了什麼，他問我：「你還記得阿尚那個人嗎？」

「記得記得。」我想說「他潑過我冷水」，但又覺得不應該用這樣的口氣，而沒說出來。

「很多年沒看見他了，前些時他特別來找我玩，對我說，很意外在朋友家看見你寫了一本書。說起當年奚落你那件事，他哈哈地笑了起來。」

我才「啊」一聲，車子開到沐棠老屋門前了，而沒再把話題說下去。

一下車，我便叫信榮用輪椅把我往一間側房的窗前推去，我要到那窗前去回憶從前；那窗前，是我在沐棠家當工人的時候，工暇之餘讀書學寫文章的地方，留有我很多回憶，也流有我很多心血。

多年不見，窗外的景物沒淡忘我，青山在向我望，草草木木都投我以親切的眼神。佇立窗前，回想以往學寫文章的情景，一股欣慰感湧上心頭，我欣慰自己數十寒暑不改其志，從坎坷、曲折、漫長的寫作路上走了過來。

一陣微風吹過，青山笑了；青山好像與此時的我共情懷！

最難忘的一位長官

打電話去問了幾位老同事，都說不知道老副旅長林天賞現在何處。我依稀記得好像聽人說過林副旅長是嘉義人，於是我撥電話到電信局查號台去，請查嘉義地區有沒有林天賞這個人的電話，等了等，查號小姐回答我：「沒有登記。」失望之餘，我又一次自責當年沒請林副旅長留下一個永久通訊處，以便日後連絡問候。

林副旅長是我永遠惦記懷念的一位長官，因為他對我有一種特別的情義。

民國六十三年十二月日一日，我結束數十年軍旅生涯，解甲退伍告別軍營，那天一吃過早飯我便向長官同事辭行，提起一只皮箱一個行李袋踏出辦公室，正要到營房門外去搭乘公車的時候，前面有人在喊：「保防官，我送你到火車站。」一看，是副旅長，他已發動吉普車在車上等著我了！我一喜，也為之感動，喜的是他解除了我提著大行李搭乘公車的困難，感動的是他親自開車送別部屬的隆情盛意，其中還有一點更使我感動的，是他對我不記前嫌的胸懷。

副旅長對我會有這份情義，是我連想都沒去想過的事情。我與副旅長共處了一年多，平素他對我公私分明，沒有什麼特別感情，倒是我曾經有過損他顏面的時候。

有一段時間，我們同事中有一位軍官跟副旅長很接近，有一天晚點名過後，那位軍官在我們辦公室生起爐火，烹飪美食佳餚，加菜取樂，一時煎煎炒炒，油香四溢，引得棲息在室外樹枝上的小鳥聞香而起，發出「啁啾」的鳴叫。酒席擺好，那位軍官去把副旅長請來共享佳餐。席間，副旅長喊了我兩次：「保防官，來啊！」我都以趕辦要公為由沒去參加。原因是我知道桌上的魚和肉，是那位軍官用不正當的手段從採買人員那裡取得的，我不願意讓自己也沾上污點。副旅長是不明箇中情由的，我婉拒邀宴，這對副旅長是不禮貌的事情，副旅長的臉上因此而出現了尷尬的表情。

我從軍中退伍下來三十多年了，雖然與林副旅長早已失去聯絡，但我一直未淡忘這位長官，以前我曾經幾次向舊同事探問他的地址。今後我還要繼續尋訪他的去處；能有機會與林副旅長久別重逢，讓我對他為我臨別送行的隆情盛意再一次一表由衷的謝忱，並且與他笑談當年使他尷尬的那件往事，是我的一大願望。

永難忘懷的一件往事

夕陽斜照，彩霞漫天，我又登上屋側那座小山岡，讓大自然的風光景物，增益身心。放眼四野，遠山近嶺、市鎮村落、田園房舍，盡入眼簾；無限江山令人心曠神怡。

每次登上那山崗，我都會向山窩處那家陶瓷廠凝望一陣，對那家陶瓷廠的印象永遠是那樣深刻。我的女兒少女時期曾在那家陶瓷廠當過員工，她們進入工廠時滿懷喜悅，離開時卻兩眼含悲。

我的女兒是孿生姊妹，清純怡人，她們走在一起的時候，像一對蝴蝶齊舞，站在一起的時候，像兩朵花兒並開。就因為她們天生麗質，容貌出眾，在那家工廠成了女中之鳳，群芳之花，而使她們工作不到一年，便離開了那個地方。

在她們到那家工廠三個多月的有一天，她們的董事長突然來訪：「X娟X媚對我說，你健康情形不好，家庭境況困難，所以我特地來看一看。我很樂意幫助你改善生活。沒有關係，你需要什麼，儘管說，或者叫X娟X媚轉告我，我隨時都會來關切你。」坐了十多分鐘，向我屋內環視了好幾次。離去時，從身上掏出一張二十萬元的支票，往我桌子上一擺：「你家裡缺少很多東西，須要添置一番。」說完，不等我表示什麼，便向門外走去。

他來時，我受寵若驚，他去時，我的心頭被投下一個陰影，意識到以後將會有很多事情。

晚上吃過晚飯，我把女兒叫到跟前，告訴她們董事長來訪的情形。然後把支票交給大女兒，叫她明天還給董事長，對董事長說：「爸爸說董事長的盛情他心領了，謝謝董事長。」接著，我嚴肅地叮嚀她們：「以後不要對董事長他們說我們的家庭情形，妳們只管以勞力掙錢，不可以有別的想法。還有一點，妳們也要記住，以後董事長或總經理他們要帶妳們外出應酬，或請妳們吃飯什麼的，妳們就說沒有問過我爸爸，不可以去。」

二女兒隨即問我：「爸，下個月董事長生日，在工廠請客，要我們兩姊妹唱歌跳舞助興，可不可以？」

「正當場所與大眾同樂，這是可以的。」

大女兒告訴我：「爸，董事長說，以後工廠做尾牙，有各種慶典，都要我們上台表演歌舞呢。」

支票還給董事長了，女兒說董事長的神情很不自在，這是我意料中的事。

過了一段時間有一天，女兒下班回來說，董事長要她們禮拜天到他家幫忙做事情。又過了一段時間，她們下班回來說，董事長要帶她們去環島旅遊。這兩件事，她們都聽我的話婉拒了，可是她們卻因此而開始受到挫折和難題，品管部門對她們做的產品檢驗「特別嚴格」了，使她們的薪資遭受扣減的打擊，她們很委屈很難過，我強作淡然安慰她們忍痛面對現實。

一波未平一波又起，這一天竟湧來一陣大風浪，女兒帶著一臉愁情回來對我說：「董事長要我們做他的乾女兒，如果爸爸同意，他會送一棟三層樓房給我們，並且負責我們的生活，讓我們今後住得好，衣食不用愁。」說完，她們以徵詢的眼神望著我。

「他還說了些什麼沒有？」

「好像還想說什麼，但又沒說出來。」

「離開那家工廠，明天就去辭職。」我毫不考慮，便斬釘截鐵的說。

姊妹倆愣了愣，頭一低，向房裡走去。

辭職後，在家休息了兩天，便另找工作。第一天到三家陶瓷廠應徵，都沒被錄取。第二天去了幾家陶瓷廠，也失望而歸。大女兒告訴我，有些工廠用欲透視人的眼光打量她們一陣，然後以「我們現在不缺員」一句話打發她們。有的工廠問了問她們的名字，便搖搖頭，不再跟她們說什麼，很冷漠。二女兒告訴我：「有一家工廠的人竟問我們是不是被ＸＸ陶瓷廠開除的，很奇怪呢。」

問題的答案出現了，我喊起來：「妳們被封殺了，ＸＸ故意放話，說妳們是被開除的，讓妳們走投無路。」

姊妹倆聽我這樣一說，為之恍然。大女兒悽然淚下：「我們的路被切斷了，怎麼辦？」二女兒衝動起來：「我們回去找董事長理論。」

殘酷的人情，令人寒心，我也很悲憤；但我告訴自己，世事多乖戾，能過去的就讓它過去。於是我無意把事態擴大，抑制情緒，安撫女兒：「不要去找他，陶瓷廠的路被封殺，還有路可走，找別的工作做。」大女兒哽咽著說：「除了做陶瓷，別的工作我們都不會。」我鼓勵她們：「學了就會，做陶瓷不也是學會的？」頓了頓，我自己堅強起來：「妳們不是說爸爸做的蔥油餅比買的更好吃嗎？如果妳們找不著工作，我就在家做蔥油餅，妳們拿出去賣。」我話意一落，姊妹倆便異口同聲：「不要，爸爸年紀這樣大了，身體又不好，我們不要爸爸勞累。」隨即，大女兒打定主意：「爸爸，還有幾家陶瓷廠，我們再去試試看，如果都不容納我們，我們再尋別的路走。」

次日早飯一過，姊妹倆便出去了，二十多分鐘後，大女兒在電話中告訴我：「這裡有一家陶瓷廠要我們，叫我們現在就開始上班。爸，還有要對您說的話，等我們回去再對您說。」

傍晚，姊妹倆下班回來，一踏進家門便告訴我：「爸，這家陶瓷廠的總經理對我們說，有人給他打過招呼，說有一對雙胞胎姐妹品性不好被他們開除，如果來應徵，叫他不要用我們，可是他要看看，如果我們真有過錯，他要我們知過必改，給自己開創重新做人的未來。」

我的女兒我的心

那年秋天，與我生活了十多年的妻子，見異思遷，離我而去，像一隻鳥飛離我人生的枝頭，另棲別枝去唱她喜歡唱的歌。

家庭變故，我的心靈受到很大創傷，但由於兒女很懂事，很聽話與我很貼心，頗感安慰，加上我自己能以筆創造成就感寫些文章，讓心情有所寄託，於是，妻子留給我的感受，很快地便被我淡忘到一邊。

我有二男二女，女兒是孿生的，都很可愛，在我遭受離婚創痛的那段日子，姊妹倆是我生活中的精神支柱；我難忘那段日子，難忘兩個女兒在我心靈中留下的點點滴滴。

思及兩個女兒，有很多感觸，感觸中有歡欣，有慶幸，也有遺憾和神傷。

妻子離去後，我獨挑家計，因為要照顧兒女，料理家務，無法到外面去工作，一個五口之家，僅靠我有限的退休俸維持生活是很吃力的。在這種情形下，我只有勤奮筆耕，掙些稿費貼補家用。因此，我每晚都寫作到深夜，社區裡的人們都已進入夢鄉，我還在燈光下爬格子，費心思。「爸爸晚安，要早點休息，不要寫得太累。」這是兩個女兒每晚就寢前對我的關懷，讓我聽了既溫馨又鼓舞，而寫起文章來靈思充沛，筆觸流暢，心境昇華。

妻子離去時，女兒年紀尚小，才就讀國中一年級，但她們很懂得體恤，為了減輕我的負擔，為我分勞，每天放學回來一放下書包，便幫做家事，姊妹倆屋內屋外灶前灶後忙來忙去，讓人感觸良深，如果父母都在身邊，她們的童年不會這樣的。

兩個女兒都只國中畢業，我原想再辛苦再困難，也要讓她們受高中教育，以免因為學歷太低，而影響她們的未來。但她們讀完國中，便堅持不升學，她們要去工作掙錢改善家庭生活，幫助我培養哥哥弟弟讀書，更希望能購買房屋，讓我晚年居有定所，住得安樂。

在那段日子裡，我曾兩次感動得幾乎流下眼淚，一次是她們向我表示，為了不讓我再辛苦下去，堅持放棄升學的時候，一次是聽了她們對同學說的一番話之後。

那天，幾個同學來邀她們到外地去找工作。

同學說：「外地的工廠多，找理想的工作比較容易，而且外地的工資比較高，能多掙錢總是好的。」

大女兒說：「可是要離開爸爸怎麼行，我們姊妹是爸爸生活中最大的安慰，有我們在他身邊，他好像覺得世界就這麼大，生活得很愉快很滿足，我們離開了，他的心情就會不一樣呀！」

「噯喲，做女兒的總有一天要離開父母，現在到外面去工作都離不開，將來妳們要嫁人，那該怎麼辦？」

二女兒說：「姊，我們兩個一定要留一個在本地工作，早出晚歸，要不然爸爸的衣服都沒人洗。還有，哥哥和弟弟都喜歡往外跑，爸爸一個人在家會寂寞。」

姊妹倆都心繫著我，她們的孝思，豈是「感人」二字所能道盡涵蘊的。

畢業典禮後十多天，姊妹倆便步入社會，各自在工廠用勞力掙錢去實現她們的願景。從此，我的生活擔子大為減輕，家庭漸入佳境，我雖然還是常常寫作到深夜，但我是為理想而寫，不再是為掙稿費貼補家用。

看著兩個愛女，我有滿懷的欣慰和幸福感。曾對自己說：「家有此女，夫復何求？」

可是，想不到的事竟然發生了。

大女兒被我打過一耳光，是無辜受累。

二女兒被我勸責過一次，是委屈了她的事情。

「嘸成」，是一句頂撞人的方言，離婚的妻子以前常用這句話頂撞我，我對這句話有成見，因為此話撞傷了我的心。一個晚上大女兒犯了小錯，我責問她時，她竟脫口而出：「嘸成」，我的舊傷被撞痛了，一巴掌向她臉上打去，奔向內室逕自流下淚來，隨即把她叫到跟前，父女相擁，淚如泉湧。

幾年前，二女兒與么兒之間發生不愉快的事情，從此姊弟視為陌路人。有一天么兒從外面回來氣急敗壞地對我說：「跟您二女兒說，以後再在別人面前說我的壞話，我就對她不客氣，店門被人潑漆，那就有她好看的。」我惟恐么兒真的衝動，弄得事情不可收拾，未加思考，便隨即打電話去說二女兒：「妳在別人面前說了妳弟弟什麼？他很氣憤。以後不要再說他的事情。」二女兒回答我：「我沒有對別人說他什麼，您怎麼只說我不去說他。」她很激動，說話聲音都變了。

一個衝動，一時失察，我刺傷了兩個女兒的心，大女兒沒有錯，錯的是我的成見。二女兒沒有錯，錯的是我只聽么兒的一面之詞。即使她們有錯，我也要冷靜處理，不應該讓她們的心靈受傷，雖然事後我向她們深深自責，但錯已鑄成，她們的心靈已經被我烙上創痕，我再怎樣自責又能彌補什麼，人生無歸路，做過了的事無法回頭去摘除，我的心中將永遠有一句話：「女兒，我對妳們很歉疚。」

野外情懷飯盒留香

以前我們打野外吃的飯盒，裡面裝的菜通常都是一個青菜、一塊紅燒肉、一顆整條的辣椒。那塊豬肉都是像一片冬瓜似的肥肉，一咬全是油。如果打開飯盒一看是一塊半肥瘦的，就會為之一喜，甚至會不禁一笑，連長吃的那個飯盒卻不一樣，裡面裝的豬肉又大塊，而且是全瘦的，那是伙夫對一連之長的特別敬意。

為了連長的飯盒與眾不同，我們連上曾經出現一件有趣的事情，有一回打野外，傳令兵拿飯盒的時候，一時失察，誤把他自己的飯盒拿給連長，他打開飯盒一看裡面裝的竟是一塊大瘦肉，一陣驚愕，急忙送去給連長，說一聲：「報告連長，我拿錯了！」連長灑脫的一笑：「你這個我吃掉一半了，那個就給你吃吧，希望你吃了那盒飯，以後也能當連長。」一時傳為佳話。

另一次戰鬥演習，在樹林裡吃晚餐，夜之將至，樹林裡暗悠悠的，一位班長剛打開飯盒扒了一口飯，另一位班長在一邊喊：「我這裡還有一點酒不要喝了，你來拿去喝吧！」他拿了酒回來正要享受一番，卻發現飯盒裡那塊豬肉不見了，懊惱之際，看見旁邊草叢下一隻大老鼠正在大快朵頤享受那塊肉，兩隻眼睛發著亮光。他一狠，把手裡的行軍水壺擲了過去，結果，老鼠沒打到，壺裡的酒卻流得精光，染得地上一片濕影，還飄起一陣酒香。

當兵打野外很辛苦，但也有樂趣的一面，在荒郊野地吃飯盒就很有趣味。野外吃飯不拘形式，不受飯桌吃飯的規矩約束，可以席地而坐；可以把樹幹當靠椅；可以臨流進餐，聽流水淙淙；可以一邊嚼著飯菜一邊哼小調。最令人感到快意的是，飯菜裡摻有天空雲彩的影子和原野氣息，吃起來別有一番風味。

我從軍中退伍下來多年了，但對打野外吃飯盒的記憶猶鮮，而且仍覺意猶未盡。曾經幾次我想重溫在野外吃飯盒的情趣，帶著買的飯盒到野外去吃，可是儘管把飯盒裡裝成跟當年完全一樣；一個青菜、一塊紅燒肉、一顆整條的辣椒，卻還是吃不出當年打野外時的那種味道來；是環境不一樣的緣故呢？抑是我的身上沒有了當年那種感情？

每當意願未達從野外歸來，我都會這樣想，如果能有機會回到當年去重嘗打野外吃飯盒的滋味，那將是人生的一大樂事，可以寫成詩譜成歌。

可是，人生無歸路，歲月不回頭，那個機會永遠不會有，徒想往耶！

舊日袍澤喜相逢

四十多年前，我隨部隊在高雄壽山營區駐守了四年多，與那個地方的風光景物結下深厚感情，離開壽山後，常會想起留在那片土地上的記憶，懷念起壽山的山和路、雲和樹，以及營區的花草景觀。

近幾年，我常懷念起當年在壽山一起當士官的幾位老同事，若能再見到他們，「一壺濁酒喜相逢，當年多少事都付笑談中。」那將是多麼令人高興的事情！我想尋找他們，可是四十多年勞燕分飛，人海茫茫，到哪裡去尋找。

這一天我靈思一動，想到了一個尋人的辦法，抱著一試的心情，拿起電話請電信局查號台幫我查訪舊日袍澤。我一個一個由南到北逐縣逐市查，費了好一番周章，終於找著一個住在高雄大寮的范自強，我立刻撥電話過去，當我告訴他我是誰時，他喊了起來：「藍振賢，你在哪裡？」聲音裡充滿了喜悅和激動。

當晚，我興奮得失眠到深夜，前情往景一幕一幕在眼前重現。當年，我們同一個寢室睡覺，吃同一鍋灶煮的飯菜。我們志趣相投，喜好文藝，希望將來在寫作上有所成就，公餘之暇往往走在一起，我們常到愛河畔觀賞風光，假日喜歡上茶館喝茶，在茶香中寫情書寫小詩。壽山公園風景如畫，那是我們常去散步的地方，或空氣清新的早晨，或夕陽無限好彩霞佈滿天的黃昏。我們也常坐在壽山的一隅，或面對大海找靈感，或面對市區發遐思。曾經幾次，登上壽山的最高峰，仰天長嘯，引吭高歌，張開雙臂欲把城市村落、田園房舍、長橋大川、無限江山擁入懷中。我們曾在壽山的最高點立下宏願，要把壽山寫入文章。

思及寫作，我未忘范自強發表第一篇作品時，我為他高興，也有幾分妒意，我妒忌他竟走在我前頭，比我早露鋒芒。他那篇作品寫的是我，題目是「班長」。「班長」是那群士官給我的封號，因為我在那群士官中，是最活躍的一個。

當年我為范自強第一篇文章見報高興，現在我為他筆耕豐收歡欣，我在電話中問他：「這些年還有寫作嗎？」

他說：「有，在報刊發表了好些小文章，參加一次文藝競賽，得了一個大獎，現在一個中篇小說正在籌劃出版。你一定比我有成就吧？」

「我出版了十三本書。」

「啊，你比我行，寫了那麼多，不愧是班長！聽你講話中氣十足，想來還健步如飛？」

「我已淪為出門要坐輪椅的人！」

「啊，我去看你。」

第三天范自強冒著夏日的炎熱，帶著他的賢內助，遠從高雄到苗栗來看我，隆情盛意難能可貴。他坐了五個多小時的火車，中午十二點許到達我家裡，三點多鐘才離去。分別了四十多個春秋再聚在一起，有說不完的話題，我們談世態炎涼，人情冷暖。談社會轉型，人事變遷。談我們一路走來的人生境遇，談為創業所作的努力，為建立家庭所受的艱辛。我問起老同事的時候，范自強告訴我，在我調離壽山的第二年，部隊整編，各散西東，幾年後偶然重逢，境況都不再似當年，有一個因嗜賭成習，一蹶不振，負債累累。有一個因沉湎酒色，一身落魄。有一個變得浪漫懶散，好逸惡勞，狀極潦倒。我為那幾個老同事惋惜，慨嘆說：「他們以前都很好，怎麼變這麼多！」范自強也為之一嘆：「意志不堅，受外界影響呀！」

最後，范自強告訴我，前幾年遇上當年他科裡的文書，對他說，一事無成，一貧如洗，無顏回去見「江東父老」，政府開放大陸探親後，一直沒踏上還鄉路。後悔當年沒把握人生方向，好好奮鬥，以致落到這樣的地步。如今欲回頭已百年身，來不及了！

朋友的心願

范自強出版書的事不知進行的怎樣了，問問他看。電話接通了，對方傳來女人的聲音。我喊：「范太太，妳好，我是藍振賢，請范自強講話。」

「藍先生，范自強他……他走了，肝硬化，已經離開人間了，前天送上山的。」聲音哽咽。

啊，真是「天有不測之風雲，人有旦夕之禍福」。前些時范自強對我說：「出版社打來電話，我的書已經開始打字了，很快就可以付印！」喜悅之聲猶在耳際，彷彿一個轉瞬之間他竟與世長辭，此情此景，令人難禁懷疑是幻覺，不是真實的。

好友消逝，從此天人兩隔，再也沒有與他見面的時候，我極為感傷。但怎樣悲慟也喚不回他的靈魂，只有面對著他逝去的方向說一聲：「好好走，我的朋友！」

我與范自強曾經是同事，四十多年前在同一個師部服務，分別擔任科組的文書士官。我們生活在一起，吃同一鍋灶煮的飯菜，在同一個寢室睡覺。我們志趣相投，愛好文藝，希望將來成為作家，以文章燦麗人生，因此，我們常常在一起切磋寫作，交流智慧。那時候部隊駐在高雄壽山，假日我們到愛河畔觀賞風光，上茶館喝茶，在茶香中寫詩章，或寫情書。壽山公園風景如畫，那是我們每天都去散步的地方，或空氣清新的早晨，或夕陽無限好的黃昏。我們坐在壽山公園的一隅，或面對大海找靈感，或面對市區發遐思。我們也曾登上壽山的最高峰對著高雄的景物立下宏願，將來有一天要把高雄的繁華市景，把壽山的綺麗風光寫成文章，躍顯報刊。

那年，我考取政戰學校候補軍官班，離開了壽山，從此與范自強漸漸地由疏淡而失去連絡。去年，我費了好一番周章找著他的地址，與他久別重逢。勞燕分飛了四十多個春秋，彼此都有道不盡的人生境遇。我們都改變了很多，顏容變老了，鬢髮變白了，說話的聲音也變了調。唯一沒有變的是，對寫作的熱愛依舊似當年。

范自強告訴我，這些年來寫作上頗有收穫，在報刊上發表了不少的作品，參加文藝競賽得過一次大獎，美中不足的是到現在還沒出過書。前幾年完成了一篇六萬多字題為「舊情如夢」的中篇小說，很想出版卻一直找不著出版社，而常有意願未達的感覺。

「我介紹你到一家出版社去看看。」我很希望能幫助他達成意願。

很高興，一拍即合，那家出版社一看完他的書稿便答應讓他的心血結晶問世。

「班長，謝謝你的功勞！」范自強在電話中向我喊著，他歡欣，我有著跟他同樣的心情。

聽見他叫我「班長」，我的心中別有一種情緒。「班長」，是當年服務那個單位一群士官給我的封號，因為我在那群士官中是最活躍、最得人緣的一個。

回憶當年受同事喜歡的情景，心中猶有一種愉悅的情懷。

范自強將擁有他自己寫的書了，我為他稱慶。

我很希望早日看見范自強的書，我要看「舊情如夢」是個怎樣的愛情故事。范自強告訴我其中插串了一封我寫給他的信，我忘了什麼時候寫過那封信，我要看那封信怎樣寫的，我很想知道我在他「舊情如夢」中所扮演的角色。

說來也奇，我每次憧憬看范自強的書的時候，都覺得那幕願景似夢似真、隱隱約約、模模糊糊、若有若無。我不知怎麼會那樣，當范自強的噩耗傳來，才在心裡喊起來：「原來事情有波折呀！」

范自強撒手西去了，他出書的事真的成了模模糊糊、若有若無的朦朧情境了！

誰曾想到事情會這樣，當電話中傳來：「范自強他走了，肝硬化，已經離開人間了」的時候，我聯想起對他出書的憧憬，才恍然感觸到他的不幸原來早有冥冥然的預象。

范自強沒看見他的書便離人寰而去，為他人生留下一個遺憾，也為他身後留下一件未完成的事情，范自強與出版社簽了約，那本書的出版費五萬元要自付，分三期付清。到目前只付了第一期一萬元。他的妻子告訴我，處理完范自強的善後，僅存七萬五千元積蓄，范自強是軍中退伍後才與她結為夫妻的，沒有眷屬補給，所以今後的生活堪慮。

我問她：「那出版書的事還要不要進行？」

她回答：「要，再苦我也要為他留下一個紀念。」

我對她說：「有困難，告訴我，我會盡量幫助妳替他完成出書的心願。」

斗笠人情

外勞用輪椅推著我向前村走去，過了山坡，上到崗垠，近午的太陽曬得路兩旁的茅草好像在冒著熱氣。火傘灼人，我叫外勞走快一點，到前面樹蔭下涼一涼。我話剛說完，一部汽車駛到我身旁停住，有人在喊：「藍先生，您要去哪裡？」隨即，她跳下車來：「沒戴斗笠，也不戴涼帽，這樣會曬壞人啦！嗯，這個給您戴。」她把一頂斗笠遞給我。

「那妳自己呢？」我很感動很高興，也有點過意不去。

「我還有一頂。好，再見！」她上車而去。

她是一個賣菜的少婦，每天跟著先生開著汽車出來做賣菜的生意，從這個村莊賣到那個村莊。前面那個社區是她的大場地，每天都要在那裡停留好一段時間。那個社區的人喜歡買她的菜，一聽見她賣菜的廣播聲，大家就從各家各戶走出來，圍著她的菜車趨之若鶩。她很有人緣，深得人和，生意熱絡。她的菜車像一間雜貨店，車上除了青菜，還有水果、肉類魚蝦、米麵製品、葷素罐頭、油鹽醬醋、烹飪佐料。就因為日常食用的東西一應俱全，給了顧客很大方便，而使她的生意情形更為旺盛。以前我也住在那個社區，是她的顧客之一，常常買她的菜。

時間過得快，如今我遷離那個社區八年多了，那八年多裡，曾經多次在路上相遇，她都在車上向我揮手打招呼。今日又相逢，謝謝她送給我斗笠，給我遮蓋火熱的太陽。

自那天以後，我每次出門都把那頂斗笠戴在頭上，用它擋風、抵雨、遮陽。那是一頂大型斗笠，戴在頭上像撐著一把小雨傘，作用很大，有一回遇上大雨，淋濕了下半身，上半身還是乾的。

戴著那頂斗笠，我常常有所感想，當年，我嫌過她的菜不新鮮，懷疑過她的秤頭不足，甚至覺得她的菜比別人貴，而曾經到別處去買。每次想到最後，我的心頭都會發出迴響：「以前她雖然賺了我不少錢，但她現在送我斗笠的這份人情，卻是無以計價的呀！」

茶香裡的感懷

我喜歡喝茶，但我從沒研究過茶經，對「茶」說不出一番道理，只知道茶能生津止渴，只覺得喝茶是一種享受。

我嗜茶是從小養成的習慣，我家屋後有兩棵高大的茶樹，常年有茶葉可採，因此，我們家一年三百六十五天都茶水不斷。我們採茶是老葉新葉一起採，沒有茶葉泡茶的時候，就去採一些，晒乾就可以食用。那種茶叫大葉查，葉子大大的厚厚的，味道香中帶甘。

我們家有一個木桶似的茶籠，籠裡常年擺著一只大茶壺，母親每天都要煮一壺茶。茶籠有一個缺口，茶壺嘴擱在缺口上恰到好處。寒冷天氣，茶籠像鳥窩，裡面墊著棉花或破布給茶水保溫。我們在家時喝茶，到田裡農作時，也帶茶去解渴，鋤頭柄上吊著一個茶筒，晃也晃的。茶筒是用一截大竹筒做成的，充滿原始氣息。那個茶筒，是我們農家人耕耘歌中的一個音符。

家鄉有一座茶亭，在距鄉村十里處的半山上，名叫「翠峰亭」，亭外有幾株古老的松樹，高聳入雲，陣風吹過，發出悠悠緲緲的松濤聲。山下有一條小溪，波光瀲灩，淙淙有聲，「明月松間照，清泉石上流。」構成一幅人間仙境的畫境。茶亭的簷柱上，有一副對聯：「茶奉行人來止渴，亭留今古客閑談。」充滿人情味，也寓滿茶的香郁。小時候我去過「翠峰亭」好幾次，很喜歡喝茶亭裡的茶，覺得茶亭裡的茶，別有一種香味和清涼。

二十歲離開家鄉，遠走征程，軍旅中喝的是白開水，茶的清香只能從回憶中去找尋。十多年後，升任文書士官，有了辦公桌，才與茶締結「第二春」，每天用保溫杯泡上一杯香茗擺在案頭，從上午喝到傍晚，一次又一次加水，喝到最後變成了沒有茶味。

那個年代，火車上有賣茶，我坐長途火車時都要泡一杯茶，買上一份報紙，一邊喝茶一邊看報，茶裡有幽香，字裡行間有情趣，耳中聽著火車「卡答卡答」的進行曲，樂在其中，韻味無窮。一杯茶從起站喝到終站，隨車小姐一次一次添水，到下車時剩在杯子裡的變成了沒有茶色的茶。

有一段時間，我喜歡坐在茶館喝茶，星期天早飯一過，就往茶館走去，有時自己一個，有時邀上三二知己。到了茶館，泡上一杯茶，叫上一盤瓜子，剝著瓜子品著香茗，悠然自得。有時寫寫情書或小詩，在茶香中抒情懷，更是別有一番情味。到了十一點多，付了茶帳，到麵店吃一碗麵，然後走向歸途，心情輕鬆愉快，還有一種飄飄逸逸的感覺。

憶及茶館喝茶，我想起一個人，感觸殊深。

民國四十六年間，我們部隊駐守的那個市區有一家茶館，裡面有三個姊妹花，不但容貌動人，而且待客慇勤，因此，生意熱絡，喝茶的人趨之若鶩，每天都座無虛席，多少穿著軍服的人沉醉其間。有一天我們單位出刊的軍中小報刊出一篇文章，題為「三把繩子」，形容一群軍人被那三朵花的魅力纏得緊緊的情景，一時傳為話題，波紋躍躍。

在那群「醉翁之意不在酒」的茶客中，有一位少校軍官最沉迷，他追求其中的一朵花，感情與金錢齊飛，全力投注，可是「落花有意，流水無情」，那顆明珠只假意逢迎。結果那位軍官落得感情與金錢兩失，一時衝動向對方施以暴力威脅而觸犯軍法，遭到撤職處分。不多久，一處火車站出現一個賣茶葉蛋的，一身落魄，終日坐在石階上以企求的眼光望著面前經過的人，臉上還有一抹靦腆的表情；他就是被撤職的那位軍官。

一個軍人從士兵升到校級軍官，中間經過多少艱辛，開花結果得來不易。而那位少校在女色面前一個跌跤竟前功盡失，「天若有情天亦老」，此情此景豈是「遺憾」二字所能道盡對他的感慨於萬一。

那位軍官在人生路上，跌得那樣重，是因「茶」而起，如果茶神陸羽地下有知，會不會有所感傷？應當不會，因為「茶」沒有錯，錯的是：「酒不醉人人自醉」。

金門今昔感思

現在的金門地區開放觀光，遊人踏上那片土地，山前山後、林蔭幽谷、湖畔海濱任遨遊，不必顧慮會有危險的事情發生。在兩岸對峙時期的情形卻大不相同，處處都有危機，不論是白天或晚上，單獨一個人出門的時候，都要提高警覺，惟恐潛伏在草叢裡、陰暗處、偏僻地方的敵人會突然竄出來取你性命。那時候的金門，充滿緊張驚恐，真可以說是「風聲鶴唳，草木皆兵。」

我隨部隊駐守金門兩次，留下很多驚懼的記憶。有一晚我的房門被風吹開，我懷疑是有人來偷襲，立即從床上翻身而起，抓起武器向門邊衝去，卻沒看見人影，只聽見碉堡外的晚風吹颳得草木發出沙沙響聲。一個深夜，隔壁房裡傳來連長的一聲喝問：「誰？」我披衣而出，奔過去，連長說他聽見交通壕的木板蓋「砰」了一聲，隨即我們通知班排加強戒備，並實施陣地全面搜索。有一回我參加上級召開的一項會議，回來時走小路，穿過一處路兩旁長著高高茅草的地方，草叢裡突然「嗦」一聲響，我一驚，以為是人，正待應付狀況，卻發現是一條大蛇在急速奔竄，茅草壓得往一邊倒。

每每想起金門，我總不會忘卻兩個衛兵遇到狀況，驚嚇得幾乎要鑽到地裡去的那幕情景。

我第二次駐守金門的時候，部隊從台灣調到金門的第三天晚上，月黑風高，我擔任二至四的巡查任務，繞著防區轉了一個圈。先至最偏僻的一個崗哨陪衛兵一起聊了二十多分鐘，然後穿過壕溝去給站在一片樹林邊的衛兵壯了壯膽，再到小路口的一處哨所巡視了一番，最後向大營門走去。大營門是防區的要塞，站有兩位衛兵。我拐了一個彎，將要走近哨位時，突然碼頭那邊槍聲大作，砲聲隆隆，照明彈接二連三在空中爆開。頃刻之間半壁天空被燒得火紅，戰況激烈，天地為之震盪。我在震撼之餘，告訴自己準備迎接戰鬥。按亮手電筒向哨棚照去，沒有看見衛兵，「衛兵呢？」我發出喊聲。再照，依然沒看見人。我奔近一看，衛兵躲到哨棚角裡去了，兩個人驚嚇得緊緊抱在一起。

原來，那晚的狀況是演習，不是真正發生了戰事。兩位衛兵驚嚇成那樣的情形，一時傳為笑談，我卻把它看成金門戰史上的一個插曲。

那是很多年前的事情了，而它留在我記憶中的印象始終是那樣深刻，很多次與舊日朋友「一壺濁酒喜相逢，當年多少事都付笑談中」的時候，我都談起那則烽煙中的小故事，一笑之餘往往會有感而發旁白一句：「台灣社會的欣欣向榮，台灣人民的安居樂業，與歷經很多戰士戰戰兢兢戍守金門的關係，是分不開的！」

我童年的三個奇蹟

一、雨水治好我的癩痢頭

雨水醫好了癩痢，說來神奇，但不是虛構，而是我親身經歷的一件事情。

小時候我是一個醜小子，因為我長了滿頭的癩痢，「癩痢頭」取代了我的名字，幾乎大家都不叫我的名字，而叫我的癩痢頭。

癩痢是一種令人討厭的皮膚病，又癢，又腐蝕得頭髮長不出來，即使長出來的頭髮，那也是不健全的，成灰白色，而且輕輕一拉，就會拉斷。疤痕膿疱，滿頭瘡痍，真是難看。

癩痢頭使我在兒伴面前感到自卑。家鄉是福建上杭的一個山鄉——官莊鄉，生活落後，醫學不發達，全鄉僅有一家中藥店，因此，對癩痢這種疾病莫可奈何。相傳有幾種草藥可以醫治，父母曾入深山為我採摘，但經過多次敷用搽擦，都未能將它從我頭上除去；用盡偏方，而我依然是一個癩痢頭！

十五歲那年，癩痢那種令人討厭的皮膚病，終於徹底從自己的頭上除去了，那真是一個奇蹟！

有一天到山上去放牛，原是陽光普照，突然飄來一片雲，竟下起雨來。那陣雨下得不小，低窪的地方都積起一小潭一小潭的水。那種水似乎有一股太陽味，而且有點溫溫的。我覺得癩痢癢得難耐，便一頭鑽在一個水潭裏，用雨水洗癩痢。不知怎的，一時我的心頭湧起一個奇想；希望這種水能醫好我的癩癘頭。於是，我把頭泡在水裡，兩手使勁地抓，越抓越癢，越癢越抓，心裏一直在想：「如果這水真能洗好我的癩痢，那可多好！」越這樣想，兩手越抓得用力。不知洗了多久，當我從水裏起來時，頭上有著一種說不出的舒暢。

從此，癩痢不再作怪，我的頭上沒有了癢的感覺，癩痢疤漸漸脫落，頭髮漸漸地長起來。終於，「癩痢頭」這個醜陋的名字不再屬於我。雨水洗好了我的癩痢，我的奇想成了事實，我曾高興地唱起歌來。

二、母親的秘方

母親的一帖秘方，醫好了我的「疑難雜症」。

家鄉——福建上杭有一種病叫打擺子，使人六月天都會寒冷難耐；小時候我患過一次那種病。

好像我十二、三歲的時候，一個六月季節，我跟著父母及一群工人去收割稻谷。我從田頭走到田尾，又從田尾走到田頭，拾稻穗，捉昆虫逗趣。玩得正高興，突然打了個寒顫，渾身發起冷來。我身子一縮，喊著：「媽，我很冷！」，母親好像知道我中的什麼邪，望我一眼，急忙端起茶筒倒了一碗還冒著熱氣的茶送到我嘴邊說：「大口喝，喝完。」我咕嚕咕嚕喝完碗裡的茶，寒冷依舊。「回家去。」母親說著，挑起兩籮稻，要我走前頭。

回到家，母親叫我躺到床上去，一床棉被往我身上一蓋，連頭帶腳裹得四面不透氣，而我還是冷得渾身發抖，抖得牙齒都嗒嗒響，經過一個多小時我才恢復正常，才又感覺到六月的陽光灼得人發燙。

第二天病情又發作，很準時，也是昨天那個時候。母親叫我躺在晒谷場旁邊蓋著棉被晒太陽。火樣的陽光晒得稻谷在冒著熱氣，我卻還像置身冰天雪地之中，渾身抖個不停，嘴裡禁不住伊伊吾吾著。

第三天狀況又出現了，我又想抱著棉被到太陽底下去，卻被母親喝住了，母親說：「過來，把衫脫掉。」我走到母親面前，脫下衫，母親用一個整條的辣椒在我背上擦了一陣，然後拿起掃把趕著我：「走，你這頭小牛，這樣燒燒冷冷煩人，不要在家，到那個山頂上去。要快跑，不准停留，不聽話就不要你回來；走，走，快走！」母親把掃把往地上打。

「媽！」我不知母親為什麼要我這樣。

「不要叫，快走，走呀！」母親又把掃把往地上打了一下，又說一聲：「要快跑，不准停留，不跑到山頂上就不准回來。」

我滿腹狐疑，但母命難違，只得往山上跑去，跑幾步又回過頭叫一聲「媽」，聲音又激動又悽愴，像一隻失群的羊。

跑到半山稍慢腳步回頭望一眼，母親又把掃把舉起來。看母親那樣，我的心靈發出反抗的聲音：「不准我回去我就去做野人，像古時候的人一樣，住地洞，著樹葉，吃果子，跟猴子做朋友。」

想著，爬著，不覺登上山崗的最高處，舉目四望，田園、房舍、小橋、流水盡收眼底，無比舒暢。正要對空長嘯，發覺母親迷濛的影子在向我招手，我大喊一聲：「媽！」山谷發出迴響。

回到家，我的身上早已沒有了寒冷，母親燒了一桶熱水給我洗澡，一臉歡顏對我說：「明天你不會有事情了！」

「媽怎麼知道？」

「因為你跑出了一身大汗喲，你看你的衣衫都濕透了！」

第二天我果然平安如常，又過著快樂的同年！

三、神奇的一把米

小時候我曾患過一場無名的惡疾，一位老太婆用一把米把我醫好了，一時傳為奇譚。

記得是十四歲那年，有一天，我在溪潭玩水，潛到潭底去探索水域的境況，潭水很清，水草石頭清晰可辨，魚蝦在我周圍游來游去也看得清清楚楚。我在水中悠游自得，追逐魚蝦嬉戲，沿著潭緣打轉，看看能不能找著珍貴的異物。最後，我拾了幾個白石頭浮出水面，正當我把白石頭放在岸上，想再潛入水裏去時，渾身突然劇痛起來，一陣驚愕，急忙穿上衣服，連白石頭也不要了就往家裏跑。一回到家就支撐不住倒到床上去了！

「哎喲！好痛！好痛！」

「你怎麼樣了？」母親聽我在喊，急忙到房裏來看我。

「我一身好痛呀！」那時我痛得在床上打起滾來了。

一下子，一家人都慌了手腳。

那場病使我在床上痛苦了半個月，最後要不是那位老太婆一把米救了我，我可能就那樣失去了生命，帶著十四歲的年齡離開了這個世界。

那場惡疾是一種怪病，連醫生都說不出病因，一痛起來就好像有幾十把刀幾百把刀在我身上從上往下劈，似乎要把我的身軀劈成千百塊。痛一陣停一陣，一天要痛好幾次，每次都痛得我喊叫打滾，恨不得鑽進地裏去。母親為我到處求醫，到處求神問佛，可是藥方無效，神明的指點也未能在我身上發揮效用。這可急壞了母親，急壞了家人，家庭裏佈滿了愁雲慘霧。在束手無策之餘，有人對母親說，我可能中了邪，於是，母親請來道士為我驅邪。

道士為我作法驅邪那一幕，到現在還鮮明如昨，他身穿道袍，站在我床前，手上搖著法鈴，嘴裏唸唸有詞，一次又一次的把法水往我的身上灑，那法水灑到我臉上時，我感到涼涼的。

那道士使出了渾身解數，但他並沒有把我身上的「邪」驅去，他還沒離開我床前，我又被「劈」痛得在床上打起滾來。

一家人都為我流淚了，以為我沒有救了，我自己也認為沒有救了，於是，我曾痛哭，因為我捨不得死。

最後，也許我命不該絕，不知怎的，母親竟想起村頭的那位老太婆。老太婆來了，她摸了摸我的額頭，很有把握地說，「是風濕，抓一把米去炒一炒，泡一桶熱水給他洗個浴就會好。」

說起來也真是神奇，母親用那把米泡的一桶水給我洗過浴之後，我身上的惡疾果然不再發作，家人歡天喜地，我自己更是高興的想飛上雲霄。

提起那位老太婆，有一種傳說，年輕時曾經跟一個賣藝的走過江湖，學得一門邪門法術，能使人生病，甚至置人於死地，她身邊有一個布偶，她要叫人什麼地方不舒服，就用一枚針刺在布偶的什麼地方。

她是否真有那種本領，未曾有人去求證，但她醫好很多人的病，醫好我的惡疾卻是事實。

汀江的水向南流

電視播出：「天下的水皆向東流，唯獨汀江的水向南流。」我愣住了！我的家鄉在汀江畔，從小在汀江岸上長大，二十歲離開故土，遠走征途，如今已白髮蒼蒼，卻一直不知道汀江的水是向南流，真是愧對鄉情。撥通電話問問居住南臺灣的一位小同鄉，看看他是不是跟我一樣不知家鄉江水的流向：「喂！你知不知道我們家鄉那條江是向東流或是向南流？」他說：「日落西山，水流東海，大江東去，浪花淘盡英雄；江水都是向東流嘛！咦，你怎麼會問這個問題？是不是又迷失了方向？」

「剛才一看電視，我真的覺得像迷失了方向呢！告訴你，你錯了！我們家鄉的那條江是向南流的，電視上說：天下的水皆向東流，唯獨汀江的水向南流；以前我跟你一樣以為江水都是向東流！」

「真的嗎？啊，這麼說來，我們對這件事倒有點像我正在寫的一個故事！」「你在寫什麼故事？」

「坐在果樹下吃果子，卻不知道結那果子的花是什麼時候綻放的。」

我也曾經在一篇文章中說：「悠悠汀江東逝水，浪花淘去故鄉多少人事滄桑！」錯了，悠悠汀江是南逝水，不是東逝水啊，我錯得南轅北轍！我為故鄉寫過很多文章，卻從沒去想過汀江的流向，真是大意得該深深自責！

從前，汀江上的交通靠擺渡，兩岸來往要坐渡船，渡船搖也搖，搖出一首古老的歌謠，有詩情也有畫意。現在汀江上築起了大橋，擺渡風情成了歷史的陳跡。汀江改觀了，卻可能有很多現代的汀江兒女不知道自己的祖先是從坐渡船的年代走過來的，就像我以前不知道汀江的水是向南流一樣。

我的這一年

我向樓上喊著：「詩華！子尼！」

小孫女回應：「聽見了。」

隨即兄妹倆一前一後從樓上下來，走到我面前等我給他們東西。我拿出一包蝦味鮮、一包乖乖，依照慣例先問小孫女：「妳要哪一包？」小孫女往蝦味鮮一指：「這個。」「好，這個給妳。」我把蝦味鮮給她。然後把乖乖給孫子。兄妹倆接過東西向我說了聲：「阿公謝謝！」高興地回樓上去了，我望著他們的背影，微笑著，很開心。

門外傳來郵差的機車聲，我預感到今天有信來。媳婦出去一看，果然有一封信，是大陸家鄉的姪女寫來的。

姪女感情豐富，文字細膩，言詞真摯，對我極為尊敬。我很喜歡讀她的信，每次讀完她的來信，在喜悅之餘，都感覺到自己在海的那一邊能有一個對我這樣親切的人，是我的一大幸福。

姪女這封信跟以往的一樣，告訴我生活近況，工作情形，心情的感受，細細訴說，娓娓道來。其中一段，她說：「人的一生能取得您這樣的成就就很滿足了，大伯，您應該為自己的成就感到自豪。」

姪女說的「成就」，是我寫作上的。最近我出版了一本新書，姪女是看了我那本新書有感而發對我說那番話的。

我寫作多年，出版了十三本書，為數不少，但我並不把這點成就視為滿足，只覺得自己的人生努力過來，沒虛度時光，而引以自慰。

出版新書是我去年的一種收成，去年一年我除了出版新書，還做了兩件深感欣慰的事情。

家鄉有一處名勝之地，開闢道路，建造寺廟，十一年前我還鄉探親的時候，一位小學時的同學（勝地開發委員會的委員）對我說，有幾位先我從台灣回去的鄉親，都對家鄉事業做了捐獻，希望我也能共襄盛舉，為那名山勝地的建設盡一番心意。我說：「要，要，我要捐；這樣吧，我現在身上帶的錢不多，等我回到台灣我再寄回來。」回到台灣，我原想一年後再度還鄉把錢帶過回去。沒想到健康情形越來越壞，一拖十一個春秋成了過去，而未能再踏上還鄉路。這一天我佇立窗前對著故鄉方向遙望，百感交集，自忖今生今世無法再回到生長的地方，神傷之餘，思及對故鄉未盡的心意，深感愧對鄉親，愧對那位同學，未作遲疑便到郵局去匯出美金一百元完成心願。一百元美金數目很小，卻蘊含了我對故鄉的愛與對那位童年硯友所許的諾言。很欣慰我這遲盡的心意，得到那位同學的讚賞，他讚賞我信守承諾，這是我人生的一種收穫。

我的家庭原是很不和睦，我生活在這個家庭裡，孤單又寂寞，兒媳把我看成外人，不關心我的寒暖，原因是嫌我對家庭照顧太少。「把住老本，永無後顧之憂。」一很多人有這樣的想法，我也有。就因為我把住老本，使兒媳未得到他們的要求，而對我產生不滿，與我離心離德，把我冷落一邊。我曾經為養兒不能防老而心灰意冷。曾經視兒媳為不孝而覺得自己晚境堪憐。

我身罹重疾，行動困難，原是雇用了一個外勞照顧我的起居，到去年四月雇用期限屆滿，外勞回國去了，本想另外僱用一個來繼續照顧我的生活，沒想到兒子竟主動向我提出要求，不要再雇用外勞，我今後的起居由媳婦承擔，把雇用外勞的錢省下來改善家庭生活。他說：「現在景氣這樣不好，公司可能減薪甚至裁員，如果真的是這樣，我們的家庭將陷入困境，生活發生問題。」媳婦牽著五歲的小孫女站在兒子後面，一臉憂容，兩眼含愁。此情此景，顯示出他們對我的希求是那樣的強烈，那樣的迫切，讓我發覺到我對這個家庭是那樣的重要。我不忍只為自己了，望望兒子，望望媳婦，望望小孫女，心頭湧起欲流淚的感覺。一陣激動，打從心靈深處發出一句話：

「好，不請外勞了，我把錢都給你們。」屋內驟然一亮，是兒子和媳婦臉上綻放的亮光。

自那天以後，我在這個家庭裡成了一個幸福的老人，兒子嘘寒問暖，媳婦照顧周全，小孫子、小孫女每天都要叫我好幾次阿公，讓我感到好溫馨，好開懷；以前他們是不來親近我的。我變的喜歡買糖果了，每隔幾天我都要買一些餅乾酥糖等類的東西，把小孫子小孫女叫到跟前，分給他們各人一份，我喜歡看他們得到糖果高興的樣子，喜歡聽他們說：「阿公謝謝！」。「含飴弄孫」這句話，我在書上讀到很多，也聽人說過很多，但其中樂趣卻到現在才真正感受到，體認到；那樂趣是語言文字都難以形容的。

去年一年，昇華了我的人生境界，豐富了我的人生內涵，增進了我的人生幸福，我很欣喜自己能有那番作為。特別嘉許自己的是：我放棄了自己的固執和自私，調適了家庭氣氛，我深深覺得我家庭裡現在的祥和，是無以計價的至高財富。

兩種情懷一片心

瓊玉在電話中對我說：「祺祺很正常了！」聲音裡充滿了喜悅，我聽了之後有著跟她同樣喜悅的心情。

祺祺這孩子終於幡然憬悟。浪子回頭，重新做人，這是他父母之福，也是他自己之幸。

一個人染上吸毒的惡習，就像草木被虫害侵入，無可救藥，只有日趨頹敗枯萎。多少吸毒的人到最後，廢了自己的前程，造成家庭傾家蕩產，可悲也，也令人惋惜。

我曾為祺祺染上吸毒惡習極度失望悲傷，有好一段時間寢食難安，茶飯無心。想起他小時候那樣可愛，對他寄以成龍的期望，長大後他竟誤入歧途，變成如此墮落的青年，我為他感傷之餘，心頭感到茫茫然。

一個家庭中有一個染上吸毒惡習的兒女，這個家庭就會黯淡無光，佈滿愁雲慘霧。做父母的在無計可施之下，只有暗自飲泣。瓊玉為祺祺流過很多眼淚，曾經萌輕生慾願。

難怪瓊玉會那樣痛不欲生，祺祺染上吸毒惡習後，不願工作，遊蕩終日，怠惰成習，到處欠債，還向地下錢莊借錢揮霍，瓊玉為了替他還債，被他一再騙取花用，一筆多年辛苦的積蓄化為烏有。

唉唉，瓊玉何辜，受此不幸的折磨！

思及祺祺，我勾起很多回想。

祺祺是瓊玉的孩子，從小我看著他長大，像春天裡的一枝苗，欣欣向榮。

瓊玉，我愛過，愛得很深。愛屋及烏，因此，我對祺祺也付出疼愛有加的一片心，我曾常常帶他到小店買糖果，到水池畔去打水漂，到樹林邊去看小鳥在樹梢頭飛跳跳。常常唱歌給他聽，逗他歡心。

我與瓊玉在浩瀚的人海中相逢又相識，我一見傾心。可是，她美麗的容貌，高雅的氣質，對於我都像是一片雲彩，一抹霞光，只能感覺她的存在，欣賞她的飄逸，不能心存觸撫她的奢望，因為她已經是為人媳婦，一個名花有主的人兒。

就因為我與瓊玉之間隔著一道「籓籬」，而使我為她煩惱了一段很長的時間，我曾經很多個夜靜時候，坐在她家斜對面的相思林邊，對著她的樓窗凝神遐思。曾經多少次在她家旁邊的馬路上躑躅徘徊，心理想，如果我能與她肩並肩在這條路上漫步，或觀賞夕陽無限好，彩霞佈滿天的美景，或仰視星月亮麗的夜空，那該多麼詩情畫意。有一回，三天沒看見她，我在這條路上踱來踱去，手裡拿著一根枯枝，一截一截折，一截一截丟。不知何處飄來歌聲：「問世間情是何物，直叫人生死相惜……恰似春風吹過楊柳，白雲悠悠，無處掛愁！」這歌聲像是為我而播送的，這時的我真像悠悠白雲，縷縷愁情無處可掛了！

為了不讓自己再煩惱下去，我曾一度想離開這個地方，把家搬到別處去，讓另一番景物人情沖淡我對她的記憶。我告訴自己，在離去之前要在她窗前種一棵樹，對樹說：「窗裡的少婦我愛過，現在我要離開這裡了，我要把對她的不了情寄託在你身上，願你在她歡欣的時候起舞，在她憂愁的時候為她唱撫慰的歌。」我對自己說：「就給它起個名字叫寓情樹吧！」我希望日後有人坐在樹蔭下講我們的故事。

謝謝瓊玉沒辜負我對她的一片心，她看出了我的感情，感應到了我的心情，雖然她沒有向我表示什麼，但有一天開始我發覺她對我很關心。

啊，伊人真的對我很關心，看我臉帶愁容時，她的臉上會出現憂慼的表情。看我生活愉快時，她的臉上會綻開含蓄的微笑。有一回我因俗務心情受挫，而儀容不整，她的臉上隨之出現愁情，待我處理好了事情，容光再現，她的臉上也隨之雨過天青。

關心不等於愛，但一個男人能夠得到自己喜歡的人的關心是一件可貴的事情。於是我把瓊玉對我的關切情懷，視為我認識她的一種收穫，我很欣喜、很滿足了，煩惱的情緒離我而去，飄散得無蹤無影。

二十多年了，瓊玉一直在默默地關切著我，令我感覺到從他身上得到了很多。

二十多年來瓊玉為我付出很多心神，而我只在這一次因祺祺而為他做了一件事情。那天，瓊玉在電話中告訴我祺祺的情形，悲傷之餘，問我：「小時候你那樣疼他，現在他變成了這樣，能不能勞神你給他寫一封信勉勵勉勵他，看看能不能受你的感召，從迷途中找回他的方向？」

我未作絲毫猶豫便答應了她的要求，一放下電話便拿起紙筆，對祺祺說當我知道他誤入歧途時怎樣的驚異和失望。問祺祺小時候那樣討人喜歡，長大後怎樣會變成這樣不求上進，墮落無為？告訴祺祺，如今他的家庭因為他而變得悽風苦雨，父母陷進了痛苦的深淵。我的筆觸如奔流的急湍，欲罷不能。

最後我寫著：「祺祺，一時的誤入歧途不為過，知過不改才是大錯。改過自新要有勇氣，藍伯伯希望你鼓足勇氣，從墮落的泥淖中掙脫出來。祺祺，放眼四看，你的同學、朋友中，有很多人以他的智慧和努力創出了美好的景觀，你不能落在人後，被人嘲笑你不如他。祺祺，放射異彩給喜歡自己的人看，更要給不喜歡自己的人看，這樣你會覺得很自豪。祺祺，走出黑暗，再見光明，做一個有為有守的青年，不要讓關心你的人失望，更不要讓自己失望，站起來吧，很多人在期盼你。」

啊，我好高興呀！祺祺站起來了，真的站起來了，這不全是我之功，除了我，還有很多拉拔他起來的力量。但我向他發出的聲聲喊在他身上產生了作用，卻是可以肯定的。

好了，如今祺祺學乖了，邁向正途創造錦繡前程，瓊玉沒有了煩憂和痛苦，又生活在幸福之中，我打從心底為她欣喜。

我的喜憂，與瓊玉幸福與不幸福是分不開的，因為瓊玉是我深深愛過的人。

另一種愛

瓊玉的婆婆對我說：小宏做爸爸了，今天早晨喜獲男孩，我「啊」了一聲，喜悅之外，還有一種突如其來的感覺。

記得小宏呱呱墜地，如今他已為人父，好快呀！

小宏出生，我到醫院去看瓊玉的情景鮮如昨日，事實上那已是二十多年前的事情了；二十多年像是一瞬間，怎不叫人為之驚異。

小宏出生我為瓊玉擔了一份心。

那天一聽說瓊玉送進了婦產科醫院，我便開始期待她順利分娩的喜訊傳來，把一些要做的事情都擱到了一邊。在殷切的心情下，除了瓊玉，身外的一切對我都不重要了。我一次又一次地到她家門口前去打轉，希望從她家人的談話中獲悉她在醫院的情形。傍晚在菜地邊遇見她婆婆，她告訴我：「難產，可能要手術開刀。」

手術開刀是痛苦的折磨，更有意外的顧慮。於是，聽瓊玉的婆婆那樣一說，我的心便被吊了起來，我為瓊玉的安危擔憂。那晚我一夜未成眠，夜，悶熱，好像要下一場雨。

夜，對於失眠的人是漫長的。好不容易窗外出現了曙光，我移下床，擦了一把臉便向菜地走去，想向瓊玉的婆婆問問瓊玉怎麼樣了。往常，她每天清晨都會到菜地澆菜，這天她卻沒出來，我既失望又焦急。此時我感覺到，大自然的景象起了變化，草地上的青草不映綠，花叢裡的花影不生姿，果樹上的果實不搖紅，大地的一切都變得凝滯滯的。

午後三時許，我終於獲悉瓊玉剖腹取嬰，手術順利，母子平安，我被吊起的心「篤」一聲放落了下去。啊，草地上的青草在向我映綠，花叢裡的花影在向我生姿，果樹上的果實在向我搖紅，大地的一切都充滿生機了！

晚飯一過，我便到醫院去看瓊玉，她很意外，我一踏進病房她便驚喜地問我：「你怎麼知道？」

我說：「這兩天我向妳婆婆問了好多次。」

她笑了，容光一燦，眼神映現異彩，一時似乎病態全消。

她那一笑好美呀，是我看過的笑容中最美的一笑。在她那一笑裡，我聞到了春花的芬芳，看見了秋月的皓潔，聽到了鳥語流泉的清韻，感覺到了流雲飄逸的悠情。在她那一笑裡也使我感受到了從未有過的溫馨。

她那美麗的一笑，我永遠難忘。我們在醫院見面的情景，也永遠不會忘記。

我與瓊玉認識二十多年，留下很多難忘的記憶。瓊玉父親去世時，她哭腫了眼睛，我同感悲慟。小宏出生後有一段很長的時間，瓊玉的生活失去了依憑，心情動盪不安，首先是她工作的陶瓷廠經營不善倒閉了，她失業，還被倒掉了兩個多月薪資沒領到，事、財兩失，她大受打擊。她的傷痛我感同身受，心情也為之悶悶不樂。之後，好一段時間沒找到適當工作，先做報紙推銷員，後做保險招保員，都覺得難以開展，不是長遠之計，心情因此不能落實，生活飄飄浮浮，看她那樣，我的生活也好像失去了重心，盪盪然的，有時候走路腳步都會有沒着地的感覺。

有一段時間夫妻倆鬧意氣，她先生夜不回家，在外面賭博到天亮。看她心情沉重，我的心頭也像被壓上一塊鉛。

冬寒時節，大地蕭條，瓊玉的情緒像寒冬中的景象，生機低迷。

終於春回大地，草木長出了新芽，早開的花朵散發出芬芳，小鳥在枝頭唱起了春天的歌。那個晴和的傍晚，我徜徉在瓊玉家旁邊的馬路上，觀賞夕陽無限好、彩霞佈滿天的美景。這裡是我常來散步的地方，有時是清晨，有時是黃昏。也曾在很多個夜靜時候，站在這裡對著瓊玉樓窗燈光凝神遐思。很多個傍晚，我在這條路上走來走去時，瓊玉都會站在門口向我望，像要走過來，但猶豫一會又進到屋裡去了，為我留下一陣冥思。

這天，她終於向我走來了，綻著一臉喜容。看她走得快，像是有什麼要緊事情要對我說，我便急忙迎了上去。

「我考取了監理站的工作。」這是我們走近後她對我說的第一句話。

我高興地「啊」一聲，一時找不著適當的言語表達我當時的心情，只連連說：「好，好。太好了！太好了！」

我和瓊玉在茫茫人海中相逢又相識，屈指算算二十五年了。在這二十五年裡，瓊玉在我的心靈中一直佔著重要的地位，我關心她的事情不亞於關心我自己，她生活中的陰晴寒暖都會牽動我的情緒。自從她到監理站之後，工作勝任愉快，深得長官看重，同事好評，我為她歡欣，也曾為她唱歌。

瓊玉已為人妻子，名花有主，因此，我一直把她看成鏡中之花、水中之月，只存欣賞之心，不抱擁有之願，我對她所作的關切，不是希望博取報償，只覺得我為她所費的心神，是我的一種收穫。「人的一生能愛上一個值得自己去關懷、去欣賞的異性朋友，那是一大幸運。」這是我的觀點。

我愛瓊玉這麼多年，沒有從她身上得到什麼，但我很滿足，就因為我有這種觀點。

難忘那年中秋夜

我有一束聖誕燈飾，放在箱子二十多年了，包裝的紙盒褪了色。那束燈飾代表著一份真摯情誼，很可貴，我極珍貴。

看見那束燈飾，我就會追溯起一段人生歷程，回想起那年中秋的情景；那年，是我人生最失意的時候，那年中秋夜卻是我過得最美好的一個節日。

那年中秋節前不久，家庭發生變故，與我共同生活了十多年的妻子，拋下兒女，拋下家庭，像一隻鳥飛離我人生的枝頭，到別處去另棲別枝。我的家庭破碎了，我的

生活變得黯淡無光，感覺上，太陽都變得灰灰的，無心經商，草草結束經營尚好的雜貨店生意，把家從市區搬到郊外，希望新的環境能治癒我心靈的創傷。

這裡是靠近農村的一個新建社區。屋側有一塊菜園，應時菜類滿園青綠，我常到菜園邊去，觀賞園中盈盈綠意，看樹林裡的小鳥在枝頭上飛飛跳跳，唧唧唧地唱著生活的歌。

菜園旁邊一戶人家的廊簷下，有一座浣衣台，那戶人家的一位少婦，每天清晨都到浣衣台洗衣裳，我們常常見面，由認識而產生情感；一位小說家說：「當兩根樹枝太接近的時候，一定會有蜘蛛去結網。」漸漸地，我們應上了這句話，彼此之間結起一張網，是情網。每天到浣衣台前等她出來洗衣裳，成了我生活中一件重要的事情，我有了憧憬，有了綺想，有了期待。常常在夜靜人已就寢時，佇立她家旁邊的馬路上，向她的樓窗凝望遐思，編織綺麗的夢。

秋月皓潔，桂子飄香，又是一年一度中秋佳節。為了驅散家庭陰霾，沖淡孩子們失去母愛的感傷，我別開生面歡度這個中秋，在院子裡裝燈結綵，播放音樂，烤肉賞月。

那晚，我們院子裡一片華麗和熱鬧，一顆大燈炮光華四射，一束聖誕燈飾一閃一爍，七彩繽紛，照耀得花圃裡的花草枝葉掩映，照耀得幾朵盛開的玫瑰花艷艷傳神。錄音帶播出的歌聲與我們的歡笑聲，揉合成闋別具韻味的月下交響曲。

四個孩子的臉蛋被烤肉的爐火燻得緋紅，與燈光花影相映成趣。兩個孿生女兒，在歡樂聲中沒忘記那位「阿姨」，問我：「阿姨怎麼還沒來？」因為我對她們說過：「我有邀請那位阿姨來跟我們一起烤肉賞月，她說：如果沒有出去，她會來參加──啊，如果她能來，那多好！」其實我知道她不能來，她是人家的媳婦，不便來與我們同樂呀！

她人沒有來，那串燈飾卻代表了她無限盛情，那束燈飾是她送給我的，中秋節前夕，當她一聽我說要在院子裡烤肉賞月，未作絲毫猶豫，便把那束燈飾送給我佈置場景，添加歡樂氣氛。

那束燈飾華麗了我人生一個中秋夜，為我留下一個難忘的記憶，我把那束燈飾比為不凋謝的花朵，綻放在記憶之中，永遠照亮我的心靈。

難忘那年中秋夜，還有一件與那年中秋夜留下的記憶一樣深刻的事情。

「窗外情懷」，是我為她寫的第一篇文章，我寫著：「想起妳，我又向妳窗前走去。自從妳從醫院回來，我每天都要到妳窗去躑躅好幾回，我思念著妳，我希望妳能在窗幃邊出現。在殷切的心情下，即使能聽見妳說一句話，也將使我感到莫大的安慰，可是樓高幃深，我一直沒看見妳在窗前出現，連妳說話的聲音也沒聽見，瓊玉，在極度思念妳的心情下，妳房裡的燈光都會牽動我的情緒，燈光亮著，我知道妳在房裡，我安心。燈光不亮，我會為妳於心不安。瓊玉，我愛妳已經愛得很深很深……」

這篇文章獲得一家報紙刊出，我影印了一份給她看了之後，她大為驚喜，容顏粲放異彩，像盛開的花朵，但那喜悅也如曇花一現，稍縱即逝。第二天她從屋裡出來浣衣的時候，門開處，映入我眼簾的是一臉愁情。

我急忙問：「妳怎麼了？」

她以低沉的聲音告訴我：「你的那篇文章被我先生看見了！」

我大為震驚，心頭一陣慌亂，說：「那妳一定受氣了？」

她沉吟片刻，迸出一句話：「以後不要再寫了。」聲音低沉得幾乎叫人聽不見。在她那句話裡，我感受到她心情的沉重，也感受到她對我的歉意。我呆在那裡，久久不知該做什麼，說什麼。

時光如流，往事如煙，那一切已是二十多年的事情了，但記憶猶鮮，那年中秋夜的燈光，仍在我心靈中璀璨地亮著。「窗外情懷」帶給伊人的愁情，仍在我的感覺中隱隱顯顯。

二十多年，時過境遷，她已由與我近鄰而居遷到市區去了，我們之間由一踏出門就可以互望一眼而變成各居一方，重樓疊閣把我們分隔成兩片天地。

我與伊人之間的距離拉遠了，但我們的情誼仍然很近，仍然互相關注生活情形。我們很珍惜存在我們之間的那種感情。

我們之間的感情是超然的，就是因為她名花有主，我們在情人路上，走到這裡是適可而止的地方。

我與伊人相逢又相識，沒開出預期的花，沒結出預期的果，只留下美好的記憶；「月圓月缺都是美，曾經愛過就是一種幸寵。」這是我有感而發寫的兩個詩句，表達自己對伊人的心情。我不是自我安慰，我的心裡真的這樣想：人與人在茫茫人海中相遇在一起，能留下一份美好的記憶，那是一種幸福，一種收穫，一種喜悅。於是我告訴自己，她給了我的我要珍藏，她保留著的我要尊重；為她祝福，願此情不老，此心不渝。

微笑與園中綠意

每天清晨她都要到公園去做做老人健身操，繞著球場走幾個圈，活動筋骨，吸取清露晨流，增益健康，她常對人說，把自己的身體顧好，減少兒女的擔憂，是老年人要特別看重的一件事情。

現在她又從公園運動歸來了，還沒進屋裡，便先拿起掃帚打掃廊簷以及門前的馬路；馬路那邊有三棵大榕樹，風吹葉落，馬路上每天都有風吹過來的榕樹落葉要清掃。

她從馬路這邊掃到馬路那邊，掃帚掃一下，就有幾片樹葉在掃帚下面滾動一陣，同時發出響聲。朝陽把她持著掃帚的影子印在地上。

掃好了地，到廚房去把一塊蘿蔔糕放到鍋子裡去蒸熟做早餐。昨天她做了一籠蘿蔔糕，切成好幾塊分送左鄰右舍，自己留了那一小塊。她常常把親友送的食品，自己做的點心分送給鄰居，她覺得有好吃的東西給大家分享，比自己獨享口福有意味得多。就因為她有這種情懷，而深得人緣，隔鄰近舍的人很喜歡親近她，常常到她家來閑話家常，大家坐在一起，話意說個不完，往往談著說著，不知不覺又到了煮飯的時候。

蘿蔔糕蒸熟了，正要吃的時候，門外進來一對夫妻，是上個村莊的熟人路過此地順便來看看她的。她滿懷歡喜，拿起兩雙筷子，把一盤子蘿蔔糕端到那對夫妻面前，說：「我自己做的，嘗嘗看好不好吃。」

鄰近村子裡的熟人，路過此地順便踏進她的家門跟她笑談一陣，是常有的事情，每當有這種情形，她都滿懷歡喜，上茶呀，開飲料呀，把家裡有的水果或糕餅等類好吃的東西拿出來待客。

朋友來她家，她很高興，住在附近的大兒子大媳婦每隔一段時間回來陪她吃一餐飯，她也很高興。大媳婦很賢惠，很懂得體貼，她很喜歡她。

吃過早餐，她握起鋤頭到菜園去，房屋旁邊有一塊菜地，每天都要去關心一番。她熟諳四時八節，什麼時候種什麼菜，適時播種，在她勤勞地耕耘下，應時菜類滿園青綠，長年茂盛。

那片菜園用竹片樹枝編織一道籬笆，築成一個小天地，她常常在那小天地上鋤泥土、播種子、除草、澆水、施肥、摘菜，有時候是早晨，有時候是傍晚。那塊土地為她長出很多喜悅，她臉上的微笑常與園中的盈盈綠意相輝映，構成一幅田園樂趣的畫圖。

她種菜，是為了不讓自己太空閑，也為自己添加生活情趣。其實她一個人吃不了那樣多菜，每當應時菜類長成時，她都一把一把送給左鄰右舍「嚐新」，叫女兒和大媳婦來採摘。大媳婦對人說：「我媽媽很會種菜，給我省了不少買菜的錢。」

有一天一位親戚來探望她，看她鋤地累得一頭汗水，便說：「種點菜勞動勞動是好的，不過，說實在話，妳沒有必要這樣辛苦了！」一種這麼一園子菜算不了辛苦，比這辛苦太多的事她都做過來。她給人做過四年多女傭，照顧一個行動不便的老人家，從這裡到雇主家相隔兩里多遠，她不會騎車，每天上下班都走路來回，去時下坡較輕鬆，歸時上坡卻難行。四年多，從多少個嚴寒酷暑風風雨雨中走過來，還要照顧老人家的起居飲食，做家事，那才真的備受艱辛呀！本來兒女不同意她做這種工作，可是她說：「你們不要阻止我，我還能做就找點事情打發時間。」大媳婦說：「媽，您做那樣辛苦的事情，爸爸在地下有知會難過的。」她賭氣似的回答大媳婦：「讓他難過去，誰叫他走那樣早！」

丈夫走得太早，她常感悲痛。「他不該先走，叫我活著守孤悽！」以前她常這樣感嘆，現在她不去感歎了，人家說的對：「夫妻本是同林鳥，大限來時各自飛，誰也顧不得誰，誰也把握不住讓誰先走，讓誰後行，只有由上天去安排。」曾經有一回，她對一位朋友說：「我總覺得先走的好，後走的在世上守孤悽很難過。」朋友回應她：「如果妳先行，一個人走在路上也很孤悽呀！」她「啊」一聲，笑了……

今天她要把菜地整一整，把幾棵過時的菜拔掉，把泥土翻一翻，明天播新的菜種。現在是晌午時分，菜地的一半照著陽光，一半披著屋影的涼蔭。她鋤了十多分鐘，翻過的泥土映著新影，溢出一股新氣息，她正想停住鋤頭歇息一會，屋裡的電話鈴聲響起，她急忙去接聽，心裡想，不是女兒就是大媳婦打來的電話，要她早點準備；今天是她生日，兒女要請她吃飯。

每年今天兒女都要辦一桌酒席為她慶生，本來她是不讓兒女為她花錢，她說：「古老人說小人生日一碗飯，大人生日一個蛋；我是大人，煮個蛋吃就可以了。」可是兒女一定要表示心意，她不忍忽卻兒女的一片孝心，只得讓兒女擁著上車到餐廳去。那情景，讓她感受到一句話：「兒女的孝順，是父母最大的幸福。」

她曾經聽人說：「父母的幸福，是為人子女的一大安慰。」她問大媳婦是不是這樣，大媳婦回答：「媽，看您臉上有笑容，我們吃飯都很有胃口呢！」

電話鈴聲響很久了，她加快腳步向屋裡走去。

對一位童年硯友的感懷

「三更燈火五更雞，正是男兒立志時，黑髮不知勤學早，白頭方恨讀書遲。」讀著古人這首詩章，正在有所感想的時候，電話鈴聲響起。握起聽筒一聽，是家鄉的弟弟打來電話：「哥，克勤去世了！」

我心頭一震動，不禁悲從中湧。

克勤是我小學的同班同學，我們很要好，他很喜歡跟我在一起，課餘之暇，邀我到學校後面山上摘果子，到前面小溪畔看魚兒在水裡游來游去，到旁邊草地上坐下來談我們童年喜歡談的事情，或談功課。他的功課比我好，考試成績都在我前頭，我唯一比他好的是作文，每次都多他幾分。有一回我寫了一句「我們中國像條蛇，日本鬼子打來就吞下。」他大加讚賞，說我將來一定可以當作家。

克勤住村頭，我家住村尾，我們同一個村莊，很近，但我從沒到他家去過，原因是他家很有錢，高樓大宅，庭院深深，我是貧窮人家的子弟，自卑身家有別。

我不但不敢到克勤家裡去，就連在他屋後的路上經過都加快腳步，因為他家的後面有兩隻狗看守門戶，路上有人走過就汪汪吠著，顯出要咬人的樣子。

克勤很同情我的貧窮，好幾次吃午餐的時候看我飯包裡的菜都是一點菜乾，就想把他飯包裡的菜分給我吃，可是我都不要，父親說的：「人窮不可志短，吃得苦中苦，方為人上人。」

小時候，克勤來過我家一次，那天見了他，我流下了眼淚。

小學畢業了，唱完驪歌，同窗了六年的同學各奔前程，我的生活失去了方向，家境貧窮，無錢升學，父母已去世，沒有人教導我今後要怎樣做。我心茫茫，意茫茫，終日，到小溪畔走一走，到小橋上坐一坐，東遊遊，西蕩蕩，不知道該做什麼。

畢業二十多天後的一天，我帶著學生斗笠，踽踽獨行回到校園，校門已關著，我在門外呆立良久，冥冥間，我彷彿看見了自己在教室聽課，彷彿聞到上下課的鐘聲，彷彿看見很多同學的影子，彷彿看見教室前的芭蕉樹在風中搖曳。

在學校旁的草地上，我留連復留連，從這邊走到那邊，再從那邊走到這邊。我想拾撿失去的童年歡樂，但什麼都拾不到。想想同學都比我幸福，覺得自己很悲涼，一隻小鳥從草地啁啾起，更使我感到自己很孤悽。

回到家已是傍晚時分，克勤站在門前等我歸去。他告訴我他考取了縣立中學，我為他高興。他希望我去學一門手藝，創造事業，我說：「學什麼呢？學木匠、學泥匠、學打鐵，很辛苦，我不要。學裁縫，問了兩個裁縫師傅都不收徒弟！」他勉勵我：「你很聰明，我希望你有好前途。」我還想說什麼，兩行眼淚卻奪眶而出了！我感傷自己的家境，感動他富而不驕，這樣關心我這寒門硯友。

克勤第二次來我家，是在五十多年後。我暌別家鄉半個多世紀，那年遠從台灣返回生長的地方探親，回到家鄉的第四天，克勤來看我，很抱歉，那天正遇上家人安排我到一處親戚家，克勤來到時，汽車已發動等我上車，因此，只跟他說幾句話便匆匆握別了。

從親戚家回來後，很想到他家去跟他暢敘別後情懷，但因身罹疾病，行動困難，無法走到他家去的那段路而作罷了。回到台灣，我寄上兩本自己寫的書給他留念，附了一封信，對那天他來看我的情形深表歉意。

不久後，弟弟在電話中告訴我：「哥，克勤對我說，想寫一封信，要我在給您寫信的時候放在信封裡一起寄給您，問我可不可以。」

我疑惑了，克勤是不是寄一封信的郵票錢都有困難呢？或是有政治因素的顧慮，不敢公開與我通信？

我不了解克勤的實際情形，有一點我可以確認的是，克勤現在很貧窮。以前克勤的家庭是富豪，現在變成了貧戶。「昔時王謝堂前燕，飛入尋常百姓家。」以前，他的堂前有好幾個燕子窩，現在那些燕子早已不知飛到何處去了！這是弟弟告訴我的。

克勤的貧窮境況，我也從他身上看出來，那天他到我家來時，穿的是一身灰舊的衣裳，他的顏容跟他的衣著一樣黯淡無光，渾身瀰漫著貧苦寒傖氣息。

童年硯友過著困苦的日子了，我曾經想過給他經濟上的幫助，但沒積極去做，而遲遲未讓意願成為事實。如今家鄉竟傳來噩耗，克勤離人寰而去，我恍然發覺，我與克勤已天人兩隔，我的心意欲寄無處寄了！

弟弟告訴我，克勤到最後一段時間，因無錢醫病，而使病情急速加重。啊，我沒把握時機，如果我早幫助了他，說不定我的那點心意能讓他生命延續下去。

魂兮已渺，對克勤，我好遺憾呀！這是我處事不及時的結果；我有過很多事情，因為延誤了一步，而造成很大的錯失。

我的人生又多了一件該做而沒做的憾事，我深深自責，但這又能彌補什麼呢！

老長官的溫暖良言

那篇報導沒有寫你的詳細地址，希望郵差先生，能將這封信送到你手裡，讓你知道我在為你的成就感到光榮……

我曾榮獲一次文藝獎，每次想起，就會聯想起兩個人。

那年，我退伍，在苗栗市區開一家小雜貨店，由於常到菸酒配銷處批購菸酒，認識了在那服務的劉美芳小姐。有一天，到配銷處批購時，遇劉小姐在汽車招呼站旁的小吃店早餐，她看見我，便招呼進店請我吃了碗麵，並在面對面交談時，告訴我頭屋地區的菸酒配銷，都是她的業務範圍。

我喜好文藝寫作，想參加一項競賽，正愁沒有好題材，聽劉小姐提到頭屋，不覺心頭一亮。

頭屋是產茶地區，茶園滿山崗，我有幾位朋友種茶，也愛過採茶姑娘，聽過很多茶山故事，經劉小姐這麼一提醒，開啟了我的文思靈感，真個是「踏破鐵鞋無覓處，得來全不費工夫」。

回到家，以頭屋為背景，將所見所聞，寫下一則最感動的故事，寄出參加競賽。經評選結果，獲得佳作，一時間喜氣盈門，宅第生輝。幾天後，有兩家報社記者登門造訪，各在報上發表了一篇訪問記，讓我成了「新聞」人物。

報導發表後幾天，郵差送來一信，沒註明詳細地址，只寫「請轉交苗栗市一家雜貨店老闆藍振賢收」，詫異不知誰寄來？急忙拆開一看，原來是失聯二十多年的老長官郭儀指導員來函，不禁激動地「啊」了一聲，驚動顧客，忙問我：「又有喜事？」我連聲笑著說「是」，隨即展閱來信：

「……昨天在新生報第六版看到你的成就和故事，真是高興得不得了！那篇報導沒有寫你的詳細地址，希望郵差先生，能將這封信送到你手裡，讓你知道我在為你的成就感到光榮……。」他在信中，對我多所鼓勵，並祝福我在既有基礎上，締造更大的成就。

我談不上有什麼大成就，但老長官的金玉良言和鼓勵，卻溫暖了我心，謹記至今。

客家山歌淺談

汀江是客家文化發源的地方，我的故鄉在汀江畔，我是汀江兒女，客家嗣裔。由於這樣，我很喜歡客家山歌，初來台灣時，聽見採茶姑娘唱山歌，都會心嚮往之。近幾年來，客家電視台常有客家山歌播出，我每場都看到曲終人散。

客家山歌韻味無窮，百聽不厭，我對它越來越喜愛。前些時在聽電視台播唱山歌，聽得正出神的時候，突然竟靈思一動，我要寫苗栗山歌，吟詠苗栗山光水色、風土人情、文化古蹟、各地特產風味；我要寫一百首，集結成書，希望對苗栗山歌文化有所貢獻。一時雄心勃勃，壯志盎盎，隨即提筆，一口氣就寫出了三首。經過一個多月後，一百首苗栗山歌躍於紙上，取了個書名：「苗栗山歌一百首」，很高興完成了一個心願，但我意猶未盡，緊接著寫客家山歌，又經過一個多月，我完成了另一個意願，寫了「客家山歌一百首」。

苗栗山歌也就是客家山歌，只是以苗栗為主體，屬於地區性的，客家山歌是以客家族群整體文化為內涵，特此贅述，以明分際。

撰寫了兩百首山歌，得到很多體認，一首山歌短短幾句，看起來很簡單，其實每一首山歌都包含了很多學問，寫山歌的不易，不亞於寫文章。

寫散文、寫小說，必須寫出其情、寫出其意、寫出其景。寫山歌也要作情、意、景整體呈現，才能讓人在一首山歌裡聞到其聲、品到其味、觀到其影。表達情意是山歌的主旨，景是襯托情意的彩繪，綠葉襯紅花，能使紅花更突出、更鮮明亮麗。杜甫說「詩中有畫」，寫山歌要歌中有景。

「清晨天還朦朦亮，龍崗道上人已多，人們散步健身體，一邊笑談唱著歌；小鳥還在吟夢囈，天邊稀星點點光。」這首山歌以天邊稀疏的星星，襯托清晨的情景，令人如置身龍崗道上，感受到晨曦初露的朦朧，霧氣尚濃的微寒。又因為「點點光的稀星」遠在天邊，而顯示了夜之將盡、黎明已近的畫面。

「從前北勢沒有橋，一隻小船搖也搖，梢公載你過河去，小費酬勞當然要；下船時候一聲謝，大家歡喜船也笑。」最後一句是這首山歌的精華，也是這首山歌的畫景，「船也笑」的情景，鮮活欲躍，畫意盎然。

寫文章內容要有深度，結構要有層次，切忌平鋪直敘，寫山歌也一樣。「峰迴路轉，驟見柳暗花明」也是山歌所要求的表現技巧。山歌是以簡見繁，以少見多，有時候一首山歌尺幅千里，意境悠遠，包含了千言萬語，無限情懷。

一首山歌除了表現情、意、景而外，如能讓歌中人的性格躍出表面，那會使那首山歌更生動、更傳神、更有情趣、更有韻味。一位姑娘上山割草，與有情人偶然相逢，對唱山歌唱到太陽下山了，到了兩個人揮揮手說再見的時候，發覺草籃還是空空的，「回家準會被娘罵，對郎一笑心慌慌。」從這兩句歌詞上，不難看出那位姑娘是一個活潑俏皮的女孩，很可愛。

山歌唱來鬧洋洋，
阿妹住在田莊上，
常見阿哥門前過，
英俊瀟洒動心腸。

這首山歌為了押韻，而把不相干的事情拉在一起，「山歌唱來鬧洋洋」這一句，與整首山歌的意境毫不關連，如此的寫法是不足取的。

青青茶樹半人高，
妹在樹下等阿哥，
折根茶枝來把玩，
好讓時間容易過。

這是一首山歌，也是一幅畫景，一位姑娘坐在畫圖中，殷切地等郎來的神情，栩栩如生。

山歌不能只限於發抒男女情愛，舉凡發揚忠孝節義，描繪真善美，俾益社會，教化人心，都應該是屬於山歌的神聖使命。

文章中一個字用得巧妙，會給作品平添很多生色，故古人作詩有「一字燃斷千枝獨」之說，唐代詩人賈島，就曾為「僧推月下門，僧敲月下門」的推與敲費了很多心思。寫山歌也要字字斟酌，信手拈來隨口而出的歌，不可能成為佳作，除非是出自天才。

「從前山歌山上唱，如今唱到街路心」。從前的人唱山歌，神情羞怯怯；現在的人落落大方，越多人鼓掌越好。山歌已屬於大眾文化，但不能得意忘形大暴露，歌詞還是要力求含蓄，引人聯想處以點到為止；給聽歌的人留下一片遐思想像空間，會博得更多喝采掌聲。

歌詞是山歌的容貌氣質，力求優美，但要淺顯易懂；「一片茫茫成花海，人人臉上映花光」，這兩句充滿美感，雅俗共賞，「山明水秀風光好，巒峰高處飄白雲」，那境界令人神往。

西邊山上油桐花，
白色皚皚滿枝椏，
有人說是冬天雪，
其實它是真的花。

這首山歌雋永婉轉，讀之有味，嚼之也甘。

山歌是感情的產物，寫山歌的人必須具備豐富的感情，和真摯的同情心，寫山我是山，寫水我是水，聞蟲唱鳥鳴而心喜，見花草起舞而心亦動；親近人情事物，捕其神、探其韻，才能讓美麗的花朵開放於筆墨之間。

老闆的心機

阿誠聰明能幹，是個人才。他在這家公司當十多年的員工了，老闆重用了他，他也為老闆的生意開創了好景，讓老闆賺了不少錢。最近一年阿誠變得不安於位，蠢蠢欲動，原因是想到另一家公司去掙更高的薪水。

老闆不讓阿誠離去，就是因為阿誠是一個好員工，對他公司很重要。另一個原因是阿誠想去的那家公司是為了要跟他競爭生意，而處心積慮想把阿誠挖過去。阿誠難禁利益慾望，去年曾經一度離開這家公司，但他畢竟很重情義，只到那家公司上一天班又回來了，對老闆、老闆娘說：「老闆、老闆娘，我在這裡做了十多年，你們對我很好，一離開這裡就像離開了家一樣，很不習慣，所以我回來了！老闆、老闆娘，我老實對你們說，我想離開這裡，不完全是為了想掙更多的錢，還有一個原因是，近些時日來，因為景氣不好，生意受了影響，你們常拿員工出氣，我感到很難受。老闆、老闆娘，這樣吧，為了公司正常發展，景氣不好，我願意共體時艱，主動減薪，要減多少，你們決定，我不會有異議，我只想在這裡做下去。」

那時候阿誠表現得那樣堅決，現在他終於走了，是因為另一家公司的人頻頻接觸，擾亂了阿誠的心智所致。

「好，你非把他挖走不可，我就讓你如願以償，可是我放棄了他，也不會讓你用到他。」這家公司的老闆在決意讓阿誠離去的時候，發出了這樣的狠話。

老闆娘一聽丈夫話語中含著騰騰殺氣，不禁一愕，急忙問：「你想把事情弄成怎樣？」

老闆沒回答，只顯出一臉莫測高深的表情。

「不要節外生枝。最好的辦法是把阿誠留下來，我實在很捨不得他走，這樣好的一個員工到哪裡去找尋？」老闆娘聲音哽咽，她真的覺得失去阿誠這個員工是一件十分可惜的事情，上次阿誠離去一天，她就流了淚。

「我們已經挽留他很多次了，留不住的只有讓它失去，向人說太多好話，會使自己沒尊嚴。」

「阿誠不再為你所用，我看你把他看成仇人一樣了！」

「我待他不薄，他竟只顧一利、不顧一義，我的確已經對他很反感。」

「人往高處爬，誰不想多掙點錢？」

阿誠一離開這家公司，便面臨失業，他到另一家公司去上了一天班，第二天再去上班的時候，到中途便踅了回來，一臉愁情對父親說：「剛才接到儀新公司老闆的電話，他說我可以告你了，你跟我簽過約，離職一年內不得任職同一行業，現在你到同一行業去任職，違約了，看你願意放棄新單位的工作，或者不惜跟我上法院？」

父親問他：「你什麼時候跟他簽了這樣的合約？」

阿誠告訴父親，每年領年終獎金的時候都要換簽新約，往年沒有這一條，是今年加上去的，當時老闆笑笑地說：「阿誠，如果你不簽，就不發給你年終獎金囉！」他認為那只是形式上的約束，不會真正發生作用。同時，那時候他也還沒決定要離開儀新公司，沒去作後顧之憂。領年終獎金最要緊，所以毫不猶豫便簽了下去。

父親聽完兒子的陳述，未做絲毫沉潛，便向阿誠曉以達觀的意見：「他是捨不得你為別人所用，所以用這一條鎖住你。好吧，他既然這樣，那你就回去再當他的員工。你給他做十多年了，大家成了自己人一樣，熟人好做事，從此你就在他那裡做下去，不要再有別的想法，少掙點錢不要緊，仁義值千金呀！」

阿誠說剛才他回去過了，老闆對他說：「阿誠，對不起你了，不是我不要你回來，而是已經有人了，昨天你一走就有人來應徵。歡迎你常回來玩，我還是把你看成兄弟。」

阿誠不能到那家公司工作，這邊不再用他，兩頭落空成了失業的人，在這景氣低迷、裁員之聲四起時候，再去何處找事情做？他眼前一片黯然！

老闆娘買了一籃子東西，騎著機車從菜市場走向歸途。籃子裡有魚、有肉、有蔬菜瓜果，每天她的生活都這樣豐富，但自從阿誠離去以後，盤中佳餚似乎都減少了一股鮮香。阿誠是為她公司出力最大的一個員工，她公司的財富中有阿誠無可計價的汗水。雖然阿誠是為了另有所求而自願離去的，但促使阿誠做最後決定的原因卻使她常感於心不安，尤其使阿誠頻臨失業，更使她有內疚神明的感覺。

老闆娘回到公司，老闆正和一個員工笑談，狀極愉快，自從阿誠離去後，他很少有不高興的時候，在阿誠心有去意又猶豫不決那段時間，他常常發莫須有的脾氣，一點不如意就給人臉色看，甚至破口罵人。她曾奇怪他的性格怎麼變了樣？到最後才知道他發脾氣是另有目的。

這一天，他有意無意向她說出藏在心裡的話：「我一向很看重他，他竟狠得起心離我而去。他對我不義，我就對他不仁，我要叫他因唯利是圖而自食惡果，這次簽約我加上那一條，就是先發制人的一步棋，我要使他兩邊做不成。同時也是一石兩鳥，使跟我競爭的人也得不到他。在最後那一段時間我對他越來越嚴苛，是有意讓他早點下定離去的決心，免得他猶猶豫豫難過，說得明白一點，是要讓他早點嘗到離我而去而遭失業的滋味。」

她驟然發覺他的性格中隱藏著另一面，那另一面很令人寒心！

不是魚

我們家門前有一條小溪，終年溪水長流，溪裡很多魚，有石斑、闊嘴伯、簑衣扁，還有我叫不出名字的。闊嘴伯和簑衣扁都是不合群的魚類，在水裡獨來獨往。石斑卻終日成群結隊，在深水處游來游去，消享快樂時光。或聚在石堆處、石縫邊覓食，嬉戲，翻翻騰騰，不時泛現出銀亮的肚白。闊嘴伯和簑衣扁從不進石洞，水草叢是牠們棲息的地方。石斑是洞居的，石洞是牠們的溫室，是牠們的避難所，牠們終日在石洞邊進進出出，一看見人接近就急忙躲進洞去。

小溪的那一邊是一片草壩，常有人把牛牽到壩上去吃草。草壩邊上的水草叢裡生活著很多小蝦，用兩隻手掌一撈，就可以撈起好幾隻，有時還能撈起一條小泥鰍：蝦子在掌上蹦跳，泥鰍在掌中亂溜一氣，很有趣。

小時候我很喜歡到小溪去捉魚蝦，用手掌或小畚箕撈蝦子，伸手到石洞裡去捉石斑，常常弄得一身濕漉漉的，而被母親罵：

「只曉得撈坑挖圳，就不曉得學學大人做的事，沒中用呀！」這是母親常罵我的口頭禪，「撈坑挖圳」，是說小孩子只知捉魚蝦玩水，不學好。

上屋一個跟我同年的小姑娘很喜歡看我捉魚，每當她從溪邊經過看我撈石洞時，她都會把腳步停下來，站在路的邊緣，綻著一臉有點傻傻的微笑俯著身子向我望。有時我從水裡站起身來。一身衣裳黏在肉上，她會別過臉去，不敢再看我。有一回我對她說：「你也下來捉，要不要？」

她瞪我一眼，辮子一甩，轉身走了，丟給我一句話：「你準會被蛇咬一口。」顯然她以為我對她輕薄。

不知是巧合，抑是被她一語成讖，那天我真的遇到蛇，只是沒被咬。

她走後，我伸手摸進一個石洞，有魚，被我抓住一條，很大一條呢！啊，牠好大力氣，拉牠不出來，牠使勁地要掙脫我的手。是什麼魚？怎麼沒有魚的滑溜感，而那樣澀澀的呢？啊，是蛇，不是魚！我急忙鬆開手，一抬頭，發現一個蛇頭在與我的臉平高的旱洞中伸向我，信子幾乎舐到我的臉，我身軀往後一倒，一個滾翻離開溪潭。魂不附體跑回家，覺得自己像做了一場惡夢。

那晚我吃不下飯，母親問我為什麼，我把險遭蛇咬的事和盤托出。「你應該讓蛇咬一次，才不會那樣喜歡撈坑挖圳。」母親說了我兩句，隨即到灶神爺面前為我收驚，抓了點香灰泡了一杯水要我喝下去——

這是我童年時的一次險遇，離現在很遠很遠，遠得連在回憶中看它的影子聽它的聲音都曚曚沉沉了！

我長大後，由家鄉走向他鄉，那條小溪裡不再有我捉魚蝦，半個多世紀後，我由他鄉回到家鄉，小溪不再是舊時面貌，我撈石洞捉魚的那個溪潭變成了淺灘，那片草壩被人地盡其用，砌起了堤坎填高了泥土，成了一塊種植莊稼的田地。我佇立在小橋上，面對小溪，懷念它的昔日情景，心中有些惆悵，但很快地我便讓一陣輕風吹散了那縷情懷；白雲蒼狗，滄海桑田，世事本無常，別為此神傷——咦，那回如果被那條蛇咬上了一口，後果可能就不堪設想，這倒是一個可以留待後人作為警惕、引以為戒的故事！

於是，我寫下我這則童年往事。

伯公廟與窯痕

深坑是一個山村，離市鎮三里多路，三面環山。一條小溪發源於村頭山麓，經村子中央流向村外，清澈的溪水映著藍天白雲，映著山光樹影、映著小橋，溪裡有魚兒游來游去。

深坑原有十多戶人家散居在山窩裡，有的單獨一家，有的三幾戶一簇。他們雞犬相聞，這邊山窩劈柴，那邊山窩都聽得見，有時各家各戶煙囪昇起的炊煙都會飄在一起。人們以種茶種稻為業，山崗上盡是茶園，山窩裡有一排一排的梯田，多年來隨工商業的發展，村民逐漸外移，如今深坑成了沒人居住的地方，只剩明月照空谷，山鳥鳴荒村。

深坑的景物改變得太多，沒有改變的是青山依舊映著夕陽紅，村子裡那座伯公廟也還是和以前一樣。

村子盡頭的山頂上有一座伯公廟，用幾塊石板堆砌而成。廟後有一棵大榕樹，枝繁葉茂，披蔭數丈，那是神的境界，人們叫那個地方為「伯公下」。那片境界清新幽靜，清風徐來，以前打柴的人到了那裡，都要坐下來歇一歇，附近農作的人休息的時候，都會到樹蔭下來吸支菸，輕鬆一陣。

伯公是地方神，村民虔誠敬奉，初一十五都有人去點香，過年過節更是家家戶戶都以三牲酒醴敬拜，香煙繚繞樹梢。如今那個村子人去村空，獨留伯公向青山。村民曾經有意讓伯公跟著他們遷居，搬到村子口新建的社區去，但經集會商議的結果，讓伯公永遠留在這裡作鎮山之神，讓那座伯公廟永遠在這個荒村映顯古蹟文明的光輝，照亮人民的記憶。於是「伯公下」那片境界在人們的感覺中永遠有一道古蹟的亮光。

深坑，還有一個古蹟，是一座石灰窯的窯痕。就在伯公下面的山上有一片石壁，以前石壁旁邊有一座高高的石灰窯，有人做燒石灰生意，盛極一時，打石頭的聲音，燒石灰的火燄，為村子迸發得別有一種景觀和氣氛。現在那座石灰窯沒人經營了，但一個圓圓的窯痕猶存，那是人們刻意保存下來的，讓它發著古蹟文明的光輝，照亮人們的記憶。有人詠了一首歌：「頭屋山區源坑村，茶香稻香蓮霧甜。曾經有人燒石灰，窯頂熊熊冒窯煙。村裡居民逐漸移，今剩明月照空村。石灰勝景已不再，一片白色記憶意猶深。」

窯痕的亮光與「白色記憶」相輝映，為人們的記憶點綴出一幅古意盎然的畫面。

回憶東引島

電視播出東引燈塔，雄偉壯麗，令人神往。

看見東引燈塔，我好像回到了東引，感受到島上的海風飛沙，重溫島上的淳樸人情，並回想起很多往事。

東引燈塔是東引最突出的景點，一座銀色建築矗立在東北角最高的山頂上，面朝東；燈塔下面是峭壁巉岩，「亂石崩雲，驚濤裂浪，捲起千堆雪」是巉岩下的寫照。

置身燈塔邊舉目遠眺，碧波萬頃，海水共長天一色。面對浩瀚大海，感覺上，東引島像汪洋中的一條船，漂漂浮浮。

東引東海岸是鯊魚最多的地方，站在燈塔處向東望，可以看見巨大的鯊魚不時躍出水面，露著背鮨優游自得，鯊魚戲水更是一幅奇景。

東引海域產蟹豐富，每當螃蟹肥美季節，我們的飯桌上每天都有螃蟹美食。我喜歡有月亮的夜晚坐在碉堡上吃螃蟹下酒，舉杯邀明月，持螯對大海，韻味無窮。

東引原是一片荒涼，遍地黃草，全島只有碼頭邊一處最背風的地方有一棵榕樹長得屋頂高，濃枝密葉，一片綠蔭為東引點綴出獨特時光。這是過往的情景，現在的東引想必已大異從前了！

那一年東引發起造林運動綠化島嶼，軍民一條心，全島種植樹苗，每天澆水灌溉；並且用乾草給每一棵樹苗圍上圈護籬，抵禦海風吹襲，像慈母照顧嬰兒般維護樹苗茁壯、成長。在軍民悉心培養與天地日月光華孕育下，小樹存活情形良好，全島呈現一片綠意盎然。我調離東引時，小樹已長得高過人頭。前幾年在一個偶然的機會中遇見一位東引朋友，他告訴我，東引現在很多地方已碧樹成林綠蔭蓋地了！

在造林運動綠化東引前，我種了很多棵樹，都存活良好。我調離東引前夕，去對自己的樹做了一番巡禮，看見它們都長得健壯挺立，枝葉婆娑好像對我微笑。

軍旅生涯中，我到過很多地方，但都像「雁過寒潭不留影」，一掠而過，只有在東引那片土地上種的樹留下具體事蹟，象徵我人生的一種意義。於是每當憶起東引，我都彷彿看見自己種的樹在微風中搖曳生姿，為我搖出一首生命的樂章！

軍旅憶趣

民國四十年間，我第一次隨部隊駐守金門的時候，官兵生活清苦，副食費少、伙食很差，為了改善伙食，各級部隊自立更生，實施克難生產，利用廚餘養豬，利用營區附近的空地種菜，各個班據點幾乎都養雞，喔喔聲隨處可聞。雞舍是用廢罐頭筒的鐵皮搭建起來的，把從垃圾坑裡撿拾來的廢罐頭筒剪開，敲平、折邊，一塊一塊連接起來砌成牆壁，做成瓦蓋頂，一間雞舍就大功告成。

克難雞舍充滿創意，在金門戰史上留下令人難忘的記憶。

我第二次隨部隊駐守金門是民國六十三年，那時候官兵生活以大異從前，不必以克難生產改善伙食了；不過住在小據點的一些弟兄還在養雞，那是為了增進生活情趣。

在那次部隊從臺灣調到金門的第三天晚上，我擔任巡察任務，到防區各岡哨巡視了一番，最後轉到樹林邊一個岡哨，衛兵不在哨棚裡，而站到好一段距離的路口上去了，我責問他為何站得那麼遠？他囁嚅著對我說：「報告輔導長，那裡面有聲音！」我帶著他過去一看，樹林裡的確有動靜，一下子「篤」一聲，一下子又「篤」一聲，我隱約看見刺蓬裡有一點燈光。

我諦聽了一陣，對衛兵說：「你仔細聽一聽，那是什麼聲音？」

「報告輔導長，我聽不出來！」

我一笑，告訴他：「那是雞啄蚊子啄在鐵皮上的聲音，裡面有人養了雞，雞舍是用鐵皮做的。」

第二天早點名以後，我帶著兩個弟兄到樹林裡去求證一番，看見裡面有一個小碉堡，住著幾個特種部隊友軍，一間鐵皮雞舍養著幾隻雞。

在樹林回來的路上，一位弟兄問我，「輔導長以前也養過雞？」我說：「克難生產的事我都做過，還差點當過克難英雄。」

克難生產是很多年以前的事情了，我從軍中退伍下來也很多年了，但對克難生產記憶猶新，每當憶及當年，都彷彿看見自己和弟兄們在菜地澆菜、在豬舍餵豬，端著盆子灑雞食，一邊學著雞的啼叫：「喔喔哇！喔喔哇！」

難忘的軍旅生涯中，種菜、養豬、養雞都充滿生活情趣，如果能夠回到當年去重溫那種情趣，當是一大樂事！

龍崗道　榕樹下

每天都有上了年紀的人到此聚會，悠閒地拉胡琴、唱山歌，講故事、道世情……

苗栗市區西邊一座山岡，長長的像一條遊龍，叫做「龍崗」。崗上有條路，順著山勢貫穿南北，叫「龍崗道」。

站在龍崗上，極目四望，遠山近嶺、田園房舍和河川大橋，盡收眼底。黃昏時，遠眺落照餘暉，彩霞滿天；入夜時，俯瞰萬家燈火，絢爛繁華。崗上長的蘆葦草，到了花開時節，遍地白茫茫，陣陣輕風吹過，即如花浪傳波，整座山岡似乎躍動了起來。

龍崗道原是人行道，挑擔子的人路過，邊走邊唱山歌；後來加寬道路，能通行牛車，久之，路面被輾出兩道深深的轍道。

從前的龍崗充滿鄉野氣息，有茶園、樹林，有的地方荒草蔓蔓，有的地方藤蘿與刺蓬雜處，稀稀落落的人家，散居在山坡道路旁，山窩裡有稻田、菜圃，有些「田頭地角」，也種植香蕉、芭樂或龍眼樹。

曾幾何時，龍崗這片土地響起挖土機的聲音，人們忙著開闢道路，建築房屋，機器與人聲雜沓，成了一首開發進行曲。漸漸的，茶園草木埋進土裡，山坡剷成平地，一幢幢房屋像雨後春筍般立起，有些地方闢成小街道，店舖一家家開成商場；幾十戶人家聚居的社區、村莊，相繼出現。長長的山崗，變成了一簇一簇的的人家，一排一排的樓房，襯托出一派繁榮景象。而現在的龍崗道，早已拓建成大馬路，大小車輛絡繹於途。

龍崗道上有棵老榕樹，庇蔭數丈，樹蔭下是一片幽靜清涼境界；從前在樹旁擺著幾顆大石頭當凳子，給過路人歇息乘涼，天然石凳被坐得光滑發亮。後來再擺上兩排椅子，乃至蓋了涼亭，長椅也加多了。每天都有上了年紀的人到此聚會，悠閒地拉胡琴、唱山歌，講故事、道世情，歌聲、琴聲和笑聲，使榕樹下充滿詩情畫意般的快樂時光。

那棵老榕樹是龍崗道上的一景，濃枝密葉像一朵綠雲，美化了龍崗，也淨化了人們心靈。

龍崗道上的人們，尊重老榕樹，也尊敬榕樹下這片土地的主人，大家都強調「飲水當思源頭，吃果子不忘拜樹頭」。

龍崗道上的繁榮過程，造福地方不少人家；建商買了他們的土地蓋房子，讓他們一夕致富。榕樹下這塊土地，也曾有建商出高價收購，但土地的主人不為所動，他說：「我要保留榕樹給人乘涼，大家坐在樹下的快樂，將是我受用不盡的財富。」

開創光明的人

在沐棠的陪同下，信榮又來看我，帶來一包高級梨，一包大蘋果，還有兩盒他自己做的小籠包子。我一接過他的禮物，便不客氣地捻起一個小籠包子來嚐味道。皮薄、餡多、質柔味鮮，很可口。於是我連連對信榮說：「不錯不錯！好吃好吃！」

信榮微笑著，很高興。

吃著信榮自己做的東西，我打從心底為他學到了一門手藝稱慶。

信榮每次來都要帶大包小包的禮物，讓他花不少錢我很過意不去，可是我曾兩次叫他不要這樣破費，他都說：「振賢柏，我能對您盡一份敬意，對我自己也是一種安慰呀！」

沐棠在一旁表示意見了，對我說：「你不要把他為你花了錢放在心上，希望他的生意越來越好就好；你不覺得他現在一臉旺氣，正是賺錢的時候嗎？」

信榮是一臉旺氣，象徵他事業鴻發。他現在是很賺錢，他開的那間「美而廉早食店」，包子饅頭、小籠包子、燒餅油條、蛋餅豆漿，一應俱全，自製自售，生意興隆，景氣蓬勃。每天早晨上門來的顧客源源不斷，都買上一包一包、一袋一袋的東西提著走。擺的幾張餐桌總是座無虛席，往往有顧客排隊等位置的。包子饅頭最好賣，常有外鄉鎮的人來一買就幾十個拿回去的。有一天，熟人見了面喊起來：「你怎麼會到這裡來買這麼多包子饅頭呢？」

「他這裡的包子饅頭特別對我胃口，好吃呀！」

「為了買好吃的包子饅頭，不怕路遠，真有你的！」

「只隔一個鄉鎮不算遠呀，你沒聽說有人從北京專程到天津買狗不理包子的？」

「啊啊！」

一陣哈哈笑，笑得全場顧客的臉容都為之一粲。也笑得信榮滿懷喜悅。

信榮的人生會有這樣一幅景況出現，連他自己都沒意想到。

信榮初出社會時，跟一般年輕人一樣，雄心萬丈，壯志凌霄，他希望將來能成為大公司主管，更希望成為富商巨賈。他知道萬丈高樓從地起，於是他當過工廠的小員工，當過建築材料的推銷員，做過小本生意。他希望自己能蒸蒸日上，欣欣向榮，但天不從人願，做這一行有志難伸，做那一行不能如願以償。結果，十多年了，付出很大的努力，卻未創出預期的事業，還負下一筆債務，生活陷入困境，而變得心茫茫、意茫茫，一時，人生失去了方向。

生活不能停頓呀，可是，往前行又該怎麼走？信榮感覺到，前面很多路，但沒有一條他走得通。世界很廣闊，但找不著他的去處。

人說「人在不順意的時候，看花不像花，看樹不像樹。」在那段時間裡，信榮覺得聽人唱歌都好像變了調。

「山窮水盡」之際，曙光乍現，有人向他招手，願意收他為徒，教他做早點食品，但要一筆謝師金。學成之後自己開業，購置一套做早餐的的機器用具又要一大筆資金。

信榮又為難了！

將近四十歲的人了，還去當學徒，未免有失顏面，這也使信榮為難的。

經過一番思考猶豫，最後信榮的心靈深處發出聲音：「家有千金，不如薄藝隨身。有一技之長，能走遍天下。只要我學到了手藝，將來刻苦耐勞，那些用出去了的錢都可以賺回來。老來學藝不是不光彩的事情，有志向上不在乎年齡，清朝有一位名叫謝殷祚的老秀才，八十九歲還去考舉人呢！」

於是他開創了現在的人生景觀。

信榮的生活陷入困境，是十多年前的事情，那時候他渾身晦暗。現在他的渾身像他那「美而廉早食店」招牌店號一樣，散發著亮光。（附註：文中的沐棠，與信榮的父親是結拜兄弟，本文作者與他們都是多年的至交好友。）

窗前的前情往景

我已淪為洗腎的病人！

我原就罹患椎骨壓迫神經，引起兩腿痲木，行動困難，很不幸，如今又受到洗腎的折磨，真是「屋漏又逢連夜雨」！

兩腳不良於行，終日侷限在屋頂下，與外界隔著一重籬，心情的鬱悶，難以言喻。窗前有花香，卻看不見花的姿容，樹林裡有鳥啼，卻看不見小鳥跳躍飛翔，一陣雲影窗外掠過，知道雲層遮住了太陽，卻看不見雲影下的大地景象，有月亮的夜晚，只見田野一抹月光，卻不知今夕是月圓或是月缺。如此情景，使我懷疑自己是被造物者遺棄的一個人，天地間一切的存在都不屬於我。在這樣的感覺下，我寫了一首小詩發抒心情：

心憂憂，
意憂憂，
外界風光非我有，
鬱悠悠！

鬱悶因而產生的孤單寂寞感，濃得化不開。在這樣心境下，最渴望的一件事是朋友來探望我，或打電話來問候我。於是每當朋友來看我一次，都感到餘味悠長。每當電話鈴聲響起，心頭都會為之一亮。

今天，我的心情很特別，歡欣中還有一種既感動又感激的情懷，因為有兩個女性朋友來看我。

那兩個女性朋友是我的舊日鄰居，住在山崗那邊一個村子裡。以前我在那個村子住了十五年，留下很多記憶，留下很多感情。

那個村子離這裡二里多路，要上坡下坡，穿過一片樹林，那兩個婦女有一個不會騎車，於是她們一同走路來的。我很感動，說：「走那麼遠的路來看我，真感激妳們！」

「我們準散步唄！」

「可是太陽那樣大。」

「我們帶了傘子啊！」

兩個人都給我帶來吃的東西，一個是布丁和麵包，另一位帶來的是一包苗栗美食米苔目，還有兩禮盒餃子，我又一陣感動：「買這麼多！」

「這餃子是阿玉買給你吃的。」

聽她那樣一說，我幾乎「哎」出聲來！

阿玉，是瓊玉。思及她，她對我說的第一句話又在我耳際響起：

「請坐，請問貴姓？」

這是二十多年前的事情了，記憶猶鮮，她留給我的第一印象，絲毫未曾褪色。

那年夏天，我從市區遷居到這裡。

這個村莊一邊與公園為鄰，一邊是田野，有稻田，有茶園，有樹林，有草原，景色優美。我喜歡田園風光，喜歡在郊外路上漫步，更喜歡在夜裡觀賞大地景致，於是遷來的第二天晚上我便向田野走去。仲夏夜的夜空，星月交輝，大地微風陣陣，池塘裡有蛙鳴，昆蟲在田間草叢演奏夜曲。在經過我同一排房屋的最後一家時，屋側小坪子上坐著很多人在乘涼，他們熱情地向我打招呼。這是我和瓊玉認識的開始。我驚異這個村子裡有一個這樣美麗的少婦！

瓊玉真是一個美麗的女人，艷而不妖，淡而不俗，我把她比為盛開的山茶花，覺得恰如其分。我慶幸能與一個這樣美麗的女人在茫茫人海中相逢又相識，但我也為她神傷，因為她的美麗對於我是鏡中之花水中之月，她是人家的媳婦，名花有主。

也許是我們有緣，一開始我們就很親近，見了面都彼此點個頭，互道一聲「你好！」很快地我們常常談起很多事情。她告訴我她的娘家背景，兄妹情形。告訴我她喜歡運動，讀高中時曾經是學校裡的鐵餅選手。一個傍晚我在她家旁邊馬路上散步，她走過來與我一同漫步了一段路，我向她微凸的小腹望了望，她告訴我，經醫生檢查她腹中所懷的是一個男孩。她說：「我希望將來能有個女兒。」那時候我們之間已到了無話不談境地。

隨著感情的昇華，我很想向她表示「我愛您」，可是每次猶豫一陣又把想說的話收了回去。

原因就是她已經有所屬的女人。

抑制感情是一種煩惱，甚至痛苦，而我，這兩種都感受到了！

我變得愛在她窗前踱步了，從這頭走到那頭，再由那頭走到這頭，心裡一次又一次地說著：「猶豫不決往往會使一件事情變成一片雲影，掠過去了，不復再現。」……

啊，過去的前情往景，不要先去想太多，乘新鮮，吩咐媳婦把餃子煮來吃了。

吃著餃子，聽見樹林子傳來小鳥的鳴聲，我又想起那晚的情景，那個晚上我又在她窗前踱步，心裡一次又一次地說著：「猶豫不決往往會使一件事情變成一片雲影，掠過去了不復再現。」但我還是始終拿不定主意，越猶豫心情越激動，腳步越急促，最後我竟聽見自己的腳步聲了，很重很重！就在這時旁邊樹上發出「噗」一聲響，啊，是棲息在窩裡的小鳥驚飛而起。我驚醒了牠們的甜睡，驚擾了牠們的寧靜！我的腳步停住了，驚覺到如果我不約束自己，窗裡那對年輕夫婦的寧靜也將受到驚擾，而影響他們的幸福，這不是我所樂見的，也不是我所應為的。於是我向鳥去巢空的樹上望了望，向她的樓窗望了望，懷著如夢初醒的心情走向自己的家門。

一盤餃子在回憶前情往景中吃完了。回憶是甜蜜的，餃子是鮮香的，此時我的感覺中，有甜蜜也有鮮香。「當年如果我不顧一切向『鏡中之花水中之月』撲過去，是否能留下現在這種感覺呢？」我問自己。

每當憶及留在瓊玉窗前的那一切的同時，我都會聯想到當年在她窗前詠的一首歌：

春花秋月何時了，
我對她的愛慕之情知多少？
問她窗前花草，
她窗前的花草在微風中笑一笑！
於是現在那首歌又在記憶中響起。

幸福的眼淚

欣逢光輝母親節，
獻上一束康乃馨，
請至餐廳吃頓飯，
美食佳餚敬慈親；
母親碗裡盡是肉，
歡顏照亮兒女心。

母親節那天，餐廳、飯館家家客滿，座無虛席。母親拱坐大位，兒女圍坐一桌。開席前，先向母親奉上紅包，兒子女兒你一個他一個，「媽媽，我愛您，母親節快樂！」「母親，您辛苦了，謝謝您的愛！」「媽媽，祝您健康，長命百歲！」母親一一接過紅包，連連說「好，好。」臉上流露著無限幸福，紅包與她的笑容相輝映，融合成一幅母親節特有的畫面。

開席了，菜餚一盤一盤端上來，每上一道菜的第一筷，就是往母親碗裡夾，「媽媽，您辛苦了，多吃一點！」母親不時地說著：「好了，這麼多，等我吃完再夾啦！」

兒女們的孝心令人感動，母親的幸福讓人稱慶，母親節的溫馨，像春風吹拂著每一個人的心靈。

往年母親節，劉太太也都是在餐廳餐廳歡度的，兒女設席為她慶祝佳節，今年她過了一個不一樣的母親節，為她人生留下一個別具意義的記憶。

母親節那天早晨天一亮，她便提著菜籃從山上向山下走去，穿過樹林，迎著清風，踏著晨曦。到了菜市場，買買這，買買那，一籃子裝得滿滿的，有雞肉、有豬肉、有海鮮、有蔬菜，想了想，要買的東西都買了，會心一笑，走向歸途。

來時，下坡，很輕鬆。歸時上坡，又提這麼多東西，就有吃力的感覺了，於是，走一走又歇一歇。剛才在菜市場賣魚的女兒曾對她說：「媽，坐計程車回去啊！」但她捨不得花錢坐計程車，她常常到菜市場到街上，除非下大雨，要不然，再寒冷的天氣，再炎熱的太陽，她都走路來回。

現在她走到半山上了，遇見一位熟人，問她：「買這樣多菜？」

「孩子們要回來給我做母親節。」

「你很幸福，子女很孝順。」

「很勞碌呀！」

「勞碌也是福呢！」

「勞碌也是福」，她也曾這樣想過。

回到家，十點多了，吃完從市場買回來的一個包子當早點，把菜籃裡的菜一一拿出來處理，經過一番洗淨，切切搗搗，該燉的拿去燉，該蒸的拿去蒸。臨時煮的分別盛在盤子裡，等到時候現煮現吃。

她手上做著事情，心裡想著今天與兒女歡聚一堂，在這棟屋裡吃最後一餐飯，歡愉中又臨去依依，她在這棟屋裡住二十多年了，與這棟房屋有著深厚的感情。

啊，時間過得好快，記得當年新居落成，宴請賓客，一轉眼那竟是很久遠的情景了！

二十多年來她住在這裡很好，景色宜人，聞得到花香稻香，聽得見小鳥在樹林裡唱歌。這裡的人情好，左鄰右舍相處融和，充滿溫暖。她捨不得離開這裡的人，這裡的人也都說，她搬走了，他（她）們會不習慣。

鄰居捨不得她，她捨不得鄰居，但人與人有聚必有散，要散的時候總是要散的，於是她們只能說：「常常回來玩！」「好，好，我會常回來跟你們打嘴鼓（聊天）。」

近幾年來，她的兒女一直希望把這棟房屋賣掉，搬去跟大兒子一起生活，但她總是下不了決心，原因就是她覺得住在這裡很好。現在終於把房屋賣掉了，親友們說她做對了，搬去跟大兒子住在一起，免得她一個人住在這裡，沒人照顧，住在外面的兒女都為她掛一份心，她也已七旬高齡，該放下操勞安享晚年了。

房屋賣了，欣逢母親節，前幾天女兒對她說：「今年母親節，您喜歡哪家餐廳吃飯？我們去訂酒席。」她毫不遲疑回答女兒：「在家吃飯，我自己做菜，我要在這棟屋頂下留下一個特別記憶。」

對她這個決定，兒女們都深表贊同。

現在她的兒女陸續回來了，一踏進門就喊：「媽媽，您辛苦了！」有的看見煮好的菜，夾一塊先嚐為快：唔，好吃，有媽媽的味道！

大家到齊了，都到廚房幫忙，端菜的端菜，拿碗筷的拿碗筷，一下子盤盤碟碟，美食佳餚擺了一桌滿滿的，熱氣騰騰，鮮香四溢，引得一隻小鳥聞香而到，飛到窗前發出一聲啁啾。

開席前，兒子女兒各奉上一個紅包，然後一齊唱起：「天下只有媽媽好，有媽媽的孩子是個寶；媽媽，我愛您！」

「好，好，吃飯！」隨著自己的聲音，她的眼眶湧出幸福的眼淚。

菜園邊的故事

一家紡織工廠傍邊有一片空地，人們把它開墾為菜園，挖成一小畦一小畦，種有空心菜、萵苣、長豆、茄子、小黃瓜、香蔥、辣椒，滿園青綠，還有木瓜、玉米，結實纍纍，每天傍晚，種菜的人散佈在菜園裡鬆土、澆水、除草、施肥，人影點點，鋤頭與水瓢齊舞，構成一幅耕耘的畫面，也寫出一首農村的詩章。

那片空地是屬於那家工廠的，因此，那一群種菜的人都是那家工廠的外籍勞工，其中只有一個老婦人是附近社區的居民，外籍勞工都是年輕人，那個老婦人已逾七旬之年，身軀已現佝僂。他們各自耕耘幾小畦，種植應時菜類增進收益，也添加生活情趣。

工廠門前有一片廣場，那是我常去散步的地方，每當夕陽無限好，彩霞佈滿天的時候，我都叫外勞用輪椅把我推到那片境界去呼吸戶外空氣，看看田野風光，調劑心情。我喜歡田園景色，熱愛泥土芬芳，因此，每天我都會到菜園去親炙壟間的盈盈綠意，觀看種菜人「忙忙碌碌」的情景。那些外籍勞工都喜歡親近我，對我很尊重，一看我走近去，就向我喊一聲：「阿公，您好！」摘菜時，會問我：「阿公，您喜不喜歡吃這個菜？我摘一把送您。」或說：「這個菜很嫩呢，摘一把去，要不要？」玉米成熟時，他們說：「阿公，這玉米長得好豐碩，您要吃幾顆，我摘給您。」他們的熱情親切令我深深感動。

我的外勞是一個印尼女孩，聰明活潑，很有人緣，種菜的人都喜歡她，每次把我推到了菜園邊，她就到菜地去，看看這一畦看看那一畦，讚嘆著：「這個菜長得好可愛！」或說：「這個菜長得好茂盛！」因為她喜歡幫這個拔拔草，幫那個做做澆水什麼的，於是那些種菜的人故意逗她開心，這邊有人向她喊：「沙麗，妳偏心，只幫忙他，不來幫忙我！」那邊有人向她喊：「沙麗，妳真是不公平，只幫忙女生，不幫忙男生！」弄得她應付得團團轉，有一天一個男性外籍勞工指著他種的茄樹問她：「我這個茄樹只長苗不結茄子，妳知道為什麼嗎？」她說：「不知道。」那個勞工說：「因為她沒有老公呀！」引得全菜地的人都笑了起來。一陣微風吹過，拂得茄樹枝葉舞動，茄樹好像也笑了！

菜園裡充滿喜悅，大家都有說有笑，唯獨那位老婦人很少說話，只低著頭做事情。與大家同一個菜園，但給人的感覺卻好像與大家之間隔著一重藩籬。有人說「沉默」是她的個性，有人說另有原因。

對那位老婦人，我很感佩她的勤勞，她一個人種了三畦菜，每天都做到暮靄低垂，往往大家都回去了，她卻還在菜園裡做做這做做那的，對她，我也有幾分好奇，她容顏黯淡，健康情形不好，她有四個兒子；據說生活都過得不錯，既然這樣，她兒子為什麼不讓她安享晚年，還要讓她在田園裡勞勞碌碌？

那家紡織工廠曾經盛極一時，有過一百多個員工，近年來景氣漸漸衰頹，員工越來越少，最後只剩幾個外籍勞工支撐場面了，廠方高層有意結束營業，但又情有不捨，而猶豫不決。那年，一場颱風掀壞了廠房屋頂，一個員工在進行整修時，不慎一腳踩空，從高處倒栽地面猝然身亡，生意低迷不振，加上這場悲情災禍，終於使那家工廠黯然收場，走入歷史。

工廠關門了，員工星散，那塊菜地好景不再，只剩那老婦人一個，在園圃的一角每天傍晚孤身獨影對斜陽。

如今，那個老婦人也沒去種菜了，那塊園圃成了廢墟，荒草叢生，蟲聲唧唧，小鳥在草叢裡做窩。

工廠沒人上班了，菜地沒人種菜了，那片境界成了一片蕭條。我有時候還是會到那個地方去讓田野景色調適心情。我喜歡懷舊，每次一走到菜地邊就會發思古之柔情，對著那塊荒廢的園圃，冥冥間彷彿仍看見一群種菜的人在菜畦間忙來忙去，彷彿仍看見鋤頭與水瓢齊舞，仍聽見種菜的人喜悅的笑聲。

我懷念菜園昔日的情景，懷念那群外籍勞工對我的熱情。對那位老婦人，除了懷念，還有一股感傷！

那一天我聽人說，那位老婦人患了神經錯亂病症，被送進了精神科醫院。事情的前因後果是這樣的：年輕時，她與先生做泥水工人，夫妻茹苦含辛，同心協力養大了四個兒子，身邊也積蓄了一些錢，前幾年最小的兒子買房屋，她傾盡積蓄支持他，當時言明，她倆老今後由么兒奉養，食宿在一起。起初一段時間么兒尚盡孝道，漸漸地兒隨媳轉，時有微詞，使她感覺到生活在這個家庭裡越來越寒冷。老夫妻商量結果，從有一個月開始由四個兒子輪食，週而復始，每家一個月，情形也是一樣，起初一段時間日子過得尚如意，每一家輪食了一次以後事情起了變化，大兒媳常常帶著兒女到街上去外食，把兩個老人家冷落在家裡挨飢受餓。有樣學樣，大兒媳這樣做了，後面的也跟著做，一對老夫妻成了常常被兒媳撇在一邊的局外人！她生氣了：「讓父母挨餓，你們過意得去？」

「你們自己去租屋住，我們每個月會給你們生活費。」這是其中一個媳婦提出的意見。

也好，兩老從此自己主張，倒落得乾淨離脫。可是事情沒有她們想得那樣順利成章，兒媳不履行諾言，有的減半支付，有的一拖了事。她對老伴說：「不管怎樣我們總得撐下去；你去撿點破爛賣，我種菜貼補貼補！」然而，她終於病倒了！

這是一個悲哀的故事，我每次去到菜地邊，都會想起那位老婦人佝僂的身影。我祝她早日康復，願神明保佑她。

兩首名詩欣賞

「楓橋夜泊」垂千古

「月落烏啼霜滿天，江楓漁火對愁眠，姑蘇城外寒山寺，夜半鐘聲到客船。」這首神韻天成，膾炙人口的名詩是唐代詩人張繼赴長安應試落第，乘船順著運河回到蘇州，夜泊在城西的楓橋，一時觸景生情而作。

對這首詩的詮釋，一般人都看在一個「愁」字，作者應試落第，心中充滿愁感，在一個秋天的夜晚，乘船停泊在蘇州楓橋，看見月亮落去，聽到烏鴉啼叫，滿天降著白白的濃霜，江邊的楓木，漁舟的燈火，都對著這個因落第而不能成寐的士子產生強烈的刺激。尤其到了半夜，作者在客船上聞到姑蘇城外寒山寺傳來的鐘聲，清脆刺耳，更是培增傷感。

對於該詩中所說的「愁眠」，也曾有人說是古代的一座山名，「江楓漁火對愁眠」是江村橋的漁火與楓紅面對愁眠山之意。

「楓橋夜泊」一詩，名聞古今，姑蘇山水因它而大放異彩，有詠「畫橋三百映江城，詩裡楓橋獨有名」。寒山寺也因此詩而聲名遠播，成為天下富有詩意的勝景。

寒山寺的巨鐘，也因「楓橋夜泊」一詩而揚名天下，詩人唐伯虎說它「一聲敲下滿天霜」，詩人王漁洋也有名句：「十年舊的江南夢，獨聽寒山夜半鐘」。

張繼詩中唐代鑄造的那口銅鐘早已失傳，千百年來寒山寺的鐘聲歷盡滄桑，現在懸掛在鐘樓上的巨鐘，是清末光緒年間鑄造的。

儘管唐代那一口鐘早已不是原來的那一口，但那原有的響亮鐘聲與詩意的神韻，卻永遠留在名詩「楓橋夜泊」中，為後人所讚頌。（讀書札記）

牧童遙指的杏花村

「清明時節雨紛紛，路上行人欲斷魂，借問酒家何處有？牧童遙指杏花村。」這首晚唐詩人杜牧寫的「清明」詩，聞名千古，但詩中所指的「杏花村」究竟在何處，卻千百年來眾說紛紜，莫衷一是。

有人統計，「杏花村」全國有十九個，其中最著名的有六個：一個是山東省水泊梁山黑風口的「杏花村」，二是山西省汾陽以產「汾酒」聞名的「杏花村」，三是湖北省麻城附近的「杏花村」，四是江蘇省豐城縣的「杏花村」，五是南京的金陵「杏花村」，六是安徽省貴池縣的「杏花村」。

據「江南通誌」記載，安徽的杏花村在池州城西，唐代武宗會昌年間，杜牧曾任池州刺史兩年，每當鶯飛燕舞，杏花吐艷的陽春三月，他都喜歡漫步在池州城西，穿過小橋流水，到那裡的「黃家酒店」聽鶯酌酒，吟詩作賦，以抒情懷，這首膾炙人口的「清明」詩，就是那時即興寫出的。之後明代大詩人沈昌，在專訪池州杏花村時，亦即景賦詩：「杏花枝上著東風，十里煙村一色紅，欲問當年沽酒處，竹籬西去小橋東。」更道出「杏花村」所在的方位。所以安徽省池州的杏花村，由於原詩人杜牧曾任官斯地，加上沈昌以後的賦詩印証，無疑就是當年遙指的地方了。

據說，杏花村世歷多代，屢經滄桑，已成蔓草叢生的荒涼村落，不過在那裡的古井酒罏至今仍在，尤其是古井井水清冽，俗稱「香泉似酒，汲之不竭」。因此，杏花村的盛名歷久不衰，貴池縣出產的杏花村大麴酒，香醇可口，行銷中外。（讀書札記）

兩種名花吐香

國色風華牡丹花

宋人周敦頤視牡丹為浮麗華靡的代表，把世人喜歡牡丹的情景解讀為追求富貴，讓牡丹蒙上虛榮之名。牡丹沒有言語為自己「脫罪」，只能以它的生存能力，開放多層相疊的花瓣，雕飾出奼紫嫣紅的艷姿來博取人們的眼眸，讓世人為它寫下美麗的詩篇。

「洛陽親友來相問，一片冰心在玉壺」，洛陽，這個經常出現在詩詞裡的地名，每年四月牡丹花開時節，更會從人們記憶中出現。牡丹原是產於黃河流域，後因洛陽氣候溫和，土質和雨量合宜，而讓牡丹繁榮為「洛陽牡丹甲天下」的盛景。

洛陽牡丹的栽植，隋朝就已開始，隋煬帝稱帝前一年，在洛陽建了一座栽植多種牡丹的花圃，取名「西苑」，正式稱帝後，在西苑內設宴，自此，種植牡丹成為高官顯貴的風潮，相約共賞牡丹蔚成聯誼方式，稱為「赴花會」。到了唐朝，牡丹的繁紅艷紫，揚名天下，牡丹盛開時節，愛花者對它如醉如痴，形成熱鬧花會，白居易讚嘆：「花開花落二十日，一城之人皆若狂」。劉禹錫「惟有牡丹真國色，花開時節動京城」的詩句，更道出牡丹花會期間的盛況和激情。宋朝，栽種牡丹的風氣更為盛行，據史載，宋朝遷都開封，因洛陽是宋太祖趙匡胤的家鄉，於是以洛陽為陪都，修建許多林園，把其他花卉冷落一旁，而廣植牡丹，人們種牡丹，賞牡丹，談牡丹，在他們的觀感中有一句話：「天下真花獨牡丹」。

牡丹經過元、明、清三代後，由於洛陽的政治地位下降，貴族達官漸漸減少，牡丹也慢慢失寵。再經後來連年征戰，百姓無以為生，沒有閑情逸致種花，致使牡丹更是受到冷落。直至大陸新權當政，把牡丹規劃為洛陽的建設重點，並訂每年四月十五日到二十五日為「洛陽牡丹花會」，吸引大批中外遊客，成為洛陽的旅遊旺季。牡丹才又在洛陽繁盛起來。

牡丹、牡丹，國色風華，在歷代那樣繁榮茂盛的情形下，當不再有人視牡丹為浮麗華靡的代表，把世人喜愛牡丹的現象解讀為追求財富，讓牡丹蒙上虛榮之名吧？其實，「美麗」原本就不是一種錯，人們不是常把「美麗」當作一個追求的目標嗎？「富貴」又何罪？淡泊「富貴」的，世間能幾人！（讀書札記）

清麗高雅話荷香

荷花亦名蓮花，還有芙蓉、芙蕖、菡萏、水華、水環、藕花等別稱。是一種生長在水裡的植物。六月至九月為其花期，花色有紅、粉紅及白色，七月至十月結蓮篷，內含蓮子一、二十粒。

國人對荷花具有特殊的情感，古來多少詩人墨客以詩詞或文章讚頌它的風采，最著名的如宋人周敦頤的愛蓮說：「出汙泥而不染，濯清漣而不妖，中空外直，不蔓不枝……」七步成詩的曹植，曾以荷花比喻「洛神」的清麗脫俗謂：「灼若芙蕖出綠波」。愛國詩人屈原也曾以浪漫情懷詠：「製芰荷以為衣兮，集芙蓉以裳。」

文風鼎盛的大唐時代，詠荷詩篇不勝枚舉，如李商隱：「颯颯東風細雨來，芙蓉塘外有輕雷。」李白：「遙見仙人彩雲裡，手把芙蓉朝玉京，」另如孟浩然、杜荀鶴、白居易，都有詠荷的詩句。詩仙李白更曾以荷花說明為文的技巧：「清水出芙蓉，天然去雕飾。」

荷花出水，花姿娉婷，清麗高雅，所以古代人以「出水芙蓉」形容美女出浴。

大陸江南一帶，每年夏、秋之際是採蓮的季節，村民們駕著一葉扁舟穿梭在蓮池中採集蓮子、蓮藕，一邊還悠閑地唱著「江南可採蓮，蓮葉何田田……」的輕鬆小調，舟上的青年男女，在採蓮的同時，也在人潮中尋尋覓覓，盼能覓得美麗佳人或如意郎君，中國歷史上四大美女中的西施，就是在採蓮時被人發現而選入宮中的。

西施原是苧蘿山下的民家女子，因苧蘿山有東、西二村，村民都姓施，西施住西村，所以人稱「西施」。西施平日都與姊妹在溪邊浣衣，姣好的面容宛如一朵水中的芙蓉，羞得魚兒因她的美麗而沉到水底下去。後人就因為西施有芙蓉之貌，又曾於水上採蓮，便尊奉西施為荷花的花神。

荷花的美，除了贏得文人雅士的偏愛之外，荷花的清麗脫俗亦為佛教人士所喜，以荷（蓮）花為「神聖」，為「貞潔」的表徵。觀世音菩薩相傳為蓮花所化生，自魏晉以後，佛像下方多有蓮花台（座）以示超凡脫俗，聖潔無瑕，另如佛教寺院稱之為「蓮境」，僧侶所穿的服裝曰「蓮華服」，此外尚有一淨土宗教派稱之為「蓮教」，由此可見蓮花在出家人士心目中的崇高地位。

荷花一身是寶，蓮藕、蓮子、蓮葉可入藥入菜，蓮子燉湯，是一道佳餚，更富滋補功能。

有一種蓮，葉片漂浮在水面，叫「睡蓮」，蘊含夢樣的柔情。

「留得殘荷聽雨聲」，雨點打在荷葉上的聲音，充滿歌的韻味。

有一首詠荷詩：「一片秋雲一點霞，十分荷葉五分花，池邊不必關門睡，夜半清香入吾家。」（讀書札記）

那件往事

從醫院回家途中，經過一家雜貨店時，我叫計程車停一下，我要買點東西。推開車窗門，看見她買了東西從店裡出來，我喊：「江太太！」她停住腳步，看看是我，便熱情地向我走近，說：「藍先生，好久不見！」我回應：「好幾年了！」「你搬到那邊去以後，好像就沒再看見你？」「我常出來，只是未曾相遇，今日相逢，好像在夢中呢！」我說罷，都笑了起來。

我又記起那晚的情景來了。

那年，已涼天氣未寒時，社區旁邊一幢建築得豪華壯麗的汽車旅館尚未開業，門前花圃上的花草枝繁葉茂。一個晚上我看完電視新聞，向戶外走去，清風陣陣，路燈照人。走到巷道口，看見一位少婦玉立於花圃前，對著花草凝神，我不自覺地停住腳步，站在那裡欣賞她的倩影。

她身穿黑色衣裳，神態高雅端莊，帶著幾分神秘，她身旁有柔柔的燈光，她身上有悠悠的貴氣，花圃裡有暗香飄動。陣陣晚風吹拂著她的髮絲，花草的葉子隨著她的髮絲飄湯而泛起柔波，月光燈影好像也跟著浮浮騰騰。

好動人的一幅畫景，是詩境，是夢境，是幻景！

她好像警覺到有人在向她望了，而幽然的轉過身移步歸途，我情不自禁趨上前去說：「夜色這樣美好，為什麼不多觀賞一會？」

「藍先生還沒睡？」她回應我。

「我常常都睡得很晚。」

「在寫作？」

「妳知道我喜歡塗塗寫寫？」

「我在一位朋友那裡看見過你寫的一本書，我很欣賞裡面的一首詩；唸給你聽。」

我「啊」一聲，跟她一起念起那首詩來：「葉落花凋夢無踪，莫把這番情景看成空，月圓月缺都是美，曾經愛過就是一種幸寵。妳給了我的我會珍惜，妳保留著的我會尊重。登上樓台望望長空，回想相逢又相識，無限情懷一笑中。」

唸完，她莞爾一笑：「很優美！」

我說：「妳過獎了！」

就在這時，一部轎車在身旁路上駛過去，她未再作片刻停留便對我說：「對不起，我要回去了。」

我站在那哩，望著她的背影消失。

她那急著要回家的神情，引起我的疑慮，我疑慮那轎車裡面坐的是她先生，她怕他誤會她與我有感情關係的存在。

那晚，我到深夜才入睡，心裡一直想著，如果她先生真的對她產生誤會，那是我的無心之過，我錯了，不應該在夜空下跟她單獨在一起。

第二天早飯過後，她跟平時一樣，在二樓陽台上洗衣裳，她二樓陽台上有幾盆花草，平時顯得生機盎然很可愛，今天卻變得好像凝滯滯的。我站在門前，正在看她有什麼異樣時，她先生和另一個男人從門裡出來向她喊：「薇薇，表哥要回去了。」

她停住揉著衣裳的手回應：「怎麼急著要回去呢？在這裡吃午飯後再走吧，我去買菜，」……

顯然，昨晚坐在那部車上的是她表哥，她看有親友來了，才那樣急著要回家，而我卻南轅北轍想到另一個方向去了！

想起這件事，到現在我仍感到羞赧，不過我還是覺得，對人對事自己多作檢點是對的。

與一位初學寫作的朋友一席談

給我洗腎的護士小姐，做完插針手續，拿出一張報紙來對我說：「伯伯，報紙上有您的文章，寫得好好！」

我一看報紙，是「榮光周刊」有我一篇作品，題目是「龍崗道榕樹下」。

「伯伯，您是不是住在龍崗？對龍崗道那樣熟悉，寫得那樣詳盡，那樣入微。」

「是，我在龍崗住了二十多年，眼看著那個地方欣欣向榮。龍崗道原是一條行人的小路，後來拓寬成牛車道，漸漸演變成現在的大馬路。龍崗原是鄉野之地，有些地方是茶園，有些地方長著刺竹篁，有些地方是荒煙蔓草，二十多年我眼看著它漸漸地變成現在的繁榮。」

我說完，她向我表示也想學寫文章，有意向我請教。

我很樂意做這件事情，於是我把多年來在寫作上得到的一些經驗，以及所感受到的，向她和盤托出，毫不保留。

我首先對她說的，要她立定志向，凡事都要有堅強的意志，才能走出成功之路。寫作的成功之路是漫長的，曲折、崎嶇、坎坷，充滿了荊棘。我們確認自己走對了路，就不要怕路遠，不要怕路難行。

初學寫作，要寫自己身邊的事，因為身邊的事熟悉，寫出來的東西才能有真實感，真實就是美。為作新詞強說愁，是激不起別人的共鳴，感動不了人的。

我初學寫作時，我的抽屜裡堆滿了未完成的作品，有的只寫開頭的一頁，有的只幾段，其原因有二，其一是故事沒結構好，就開始寫，寫了一部份就接不下去而把它擱到一邊。其二是見異思遷，發現了有更好的題材便冷落舊愛，追求新歡。結果是

「追兩兔不得一兔」，對新的題材未深入了解，只寫一半甚至更少，而半途而廢！後來我改進以上缺點，有了題材先做深入了解，細心結構故事，然後動筆。寫好了這篇再寫另一篇，結果每完成一篇就有一個成就感，我的進步情形與日俱增。

初學寫作時，我跟一個朋友同時開始，我寫散文，她寫長篇小說，他說那個故事很偉大，他要寫一百萬字以上，將來一定能拍成電影，一鳴驚人，一舉成名。幾年後我們在一個偶然的場合相逢，他告訴我那個長篇小說失敗後就沒有再寫作。說完，他拍拍我的肩膀：「老弟，我在報刊看見過你不少作品，你的成就可以裝滿幾籮筐，我卻沒有一絲半縷！」好高騖遠，往往一事難成。

初學寫作應先從散文著手。散文是各種文類中在創作上最能發揮的一種，因為蒼穹之下，事無分鉅細，物不論大小，都可作為散文寫作的題材，正如林語堂先生說的：「天地之大，蒼蠅之微，無一不可入我範圍。」

散文可以抒情、敘事、適心、隨意、言志，可以談古論今，關心世道人心，暢敘生活細節，感發人生境遇，可以描繪「上窮碧綠下黃泉」的景景物物。一點佳意，一股怨懣，一把幽情，一次偶遇，一番得意，都是散文的泉源，都可以由筆尖流露出來。

散文在創作上，不受時空、形式限制，可以有故事有人物，也可以沒有故事沒有人物，海闊天空任去來，縱橫曲直任筆揮洒。

散文是小說的基礎，能寫好小說的，一定能寫好散文。

文章的句子不能太長，要長短相間，偶爾在適當的地方安排幾個短促的句子，使文章活潑生動，有節奏感。例如「風來疏竹，而竹不留聲，雁過寒潭而潭不留影，來也匆匆，去也匆匆，無踪！」使人看之輕鬆，讀來是一種享受。

在文字進行中運用幾句古詩詞，能改變文意氣氛，平添文章深度，甚至能成為整篇文章的一個轉捩點。但古詩詞不能引用太多，否則會喧賓奪主，使文章失去原意。

雕塑詞句，堆金砌玉，處處使用成語，會使文章僵化不自然，是為文的大忌。

文章要有變化，沒有變化的文章像一潭死水沒有波光。文章中變化的展現，如霓虹閃爍，雲彩多姿，峯迴路轉，出人意表，變化是寫作的必需技巧，但變化不能脫離文意。

我初學寫作，一位文藝函授班的老師在我習作上批著：「不給牛吃草，擠不出牛奶來。」多讀書，吸收他人智慧，充實自己的內涵，把生詞生句記下來，儲存起來，有豐富的詞類，寫起文章來才能左右逢源，得心應手。不但擠得出牛奶，而且取之不竭用之不盡。

曾經有一位照相館的小姐，看我在影印作品的時候對我說：「我也很想學寫文章，可是找不著高人指點。」我脫口而出：「多寫就是高人。」寫作技巧很多地方只能意會不能言傳，只有多寫才能體認其中奧秘。

讀與寫要配合，要並重，不要只求發表，不重吸收。好的書要讀，吸其優點，不好的書也要讀，發現其缺點，做為借鏡，他山之石可以攻錯。

自己的文章比別人寫得好，這種觀念會影響自己的進步，甚至成為成功的絆腳石，失敗的至命傷——

我說到這裡，護士小姐問我：「伯伯，您有沒有被退過稿？」

我說：「很多。」

「被退稿是不是很難過？」

「退稿是走向成功的階梯，禁不起退稿的打擊，就進不了藝術的堂奧。」

「謝謝伯伯教了我這麼多，我會努力。」

我一笑說：「還有一件事沒有對妳說，當初我告訴自己，確認自己走對了路，就不要怕路遠路難行。我做到了，數十年我從漫長、曲折、崎嶇、坎坷的寫作路上走了過來。」

看戲憶往

電視節目介紹大陸族群文化，播放出客家人的發展史蹟，福建汀江流域是客家人聚居最多的地區，客家嗣裔在汀江兩岸繁衍綿延，建基創業，故有「汀江是客家人的母親河」之說。我的故鄉——上杭縣在汀江畔，我是汀江兒女，看了那幕電視，一時鄉情湧躍，勾起很多對故鄉的懷思。

接著，螢幕上播映出龍岩的傀儡戲，我心中的鄉情更加濃郁了起來。龍岩與上杭是鄰縣，語言、生活習慣完全相同，因此，一看見傀儡戲，我就像回到了故鄉，回想起從前。

我們家鄉大凡迎神建醮，新春謝神，都要搭起戲棚做戲三天或五天，傀儡戲是家鄉最常演的地方戲劇，我自小到二十歲離開家鄉，只看過一次人做的大戲。

小時候我很喜歡看戲，祠堂建醮做戲，我每場必到，而且早早地便搬著櫈子到戲棚前去等開鑼上演，每場都要看完最後一齣才盡興而歸。由於我喜歡看戲，而知道很多前朝故事，印象最深刻的是初唐演義、劉備招親、打壘台、大小爭風。在眾多戲劇人物中我最喜歡唐朝大將秦叔寶、尉遲恭、三國的諸葛亮、趙子龍。

「大小爭風」那齣戲很有趣，是兩個女人爭一個丈夫的寵愛，風情萬種、淋漓盡致，那齣戲每次做戲的最後一齣都會演出，似乎是點戲的人刻意的安排，讓看戲的人看完之後夜半回家能有一片遐思想像空間。

小時候為了喜歡看戲，曾經夜宿戲場，曾經在黑夜與野獸相遇，留下一個驚險的記憶。

是我十二歲那年，鎮上來了一個大戲班，上演了十天人做的大戲。那十天每天一到下午我讀書便心不在焉，戲場就在離學校不遠的墟場上，鑼鼓絃音清晰可聞。好不容易等到放學了，揹著書包快步向戲場走去，看戲看到暮靄低垂才意猶未盡走向歸途，回到家早已是上燈時候。墟場在河西，我的家在河東，過河要坐渡船。有一天我看戲看得忘記了時間，慌忙中奔到渡口碼頭一看，擺渡的梢公已經收工回家去了，「夜渡無人舟自橫」，一葉扁舟拴在碼頭上，在晚風中搖也搖的，沒人擺渡，我無法回家，只有望著河東的螢螢燈火徒心焦。結果，回到戲場，沒吃晚飯，空著肚子看完晚上演的戲之後，在戲棚下以書包做枕頭，蓆地而臥到天亮，睡夢中彷彿仍聽見鑼鼓在咚咚噹噹響。

每年新春正月，我們村子裡都要做五天謝神戲，我每天一吃過晚飯便到戲棚前去等著開鑼。戲場在村尾，我住村頭，中間相隔一里多路。每晚看完戲走向歸途已是夜深人靜時候，村子裡看不見一點燈光，只看見房屋的黑影幢幢，因此，走在高坎下或巷道的地方，會心生寒意而加快腳步。有一晚在橋頭經過時，一隻不知是什麼野獸從橋那邊向我猛撲過來，我大吃一驚，「噯」一聲，以飛快的腳步向家奔去，走了一段路回頭看，那隻野獸停在橋頭上，以一對發著綠光的眼睛向我望。

前面說的那些情景，是我童年時的事情，很遙遠了，但回憶起來卻還很近，我彷佛仍看見自己兒時的影子，聽見戲場演戲的聲音。

童年時我喜歡戲，白髮蒼蒼了對戲仍有著濃厚的興趣，睽別家鄉五十多個春秋，前幾年遠從台灣返鄉探親，適逢祠堂做戲，我因身罹重疾，行動困難，無法前往觀賞，只叫家人搬了一把椅子坐在樓台上聽鑼鼓喧天弦音悠揚，而陶然忘我，為自己的人生留下一個「樓台聽戲」別具韻味的記憶。

說及看戲，我聯想起一個故事，故事中有一個跟我一樣喜歡看戲的人，附錄於後，為本文添加幾分情趣。

從前有一個女人看戲看得正入神，旁邊突然有人發出問聲：「妳怎麼抱著一個西瓜來看戲呢？」她一愣，丟掉西瓜喊起來：「我的孩子！」急忙奔到瓜田一看，躺在地上的是一只枕頭。她抱起枕頭又喊一聲：「我的孩子！」奔回家中一看，她的孩子在床上睡得正甜熟，她拍拍胸脯，長長地舒口氣。

原來那個女人剛才聽說附近地方做戲，她一喜，抱起孩子要去看戲的時候，急忙中抱起的不是孩子，而是一只枕頭。在瓜田經過時因為走得太快跌了一跤，把枕頭跌在地上，急忙中抱起來時，抱入懷中的不是枕頭，而是一個西瓜！

八旬風塵一首歌

記不得那年我幾歲，一個晚上我被槍聲從熟睡中驚醒，隨即全家慌亂了起來，父親趕著老牛向入山道路奔去，母親捲起一個包袱，拉著我向屋後奔逃，爬一道田坎時，爬上去又滑下來，最後只得向另一方向走去。

頃刻間，砲火燒紅了天際，田間路上逃難的人群呼兒喚女，哭泣哀號。慌亂中有人滑倒水田，有人跌落圳溝。槍彈狂竄，擊得草木葉屑橫飛。砲彈爆開處，屋塌、樹倒、橋斷，人間浩劫，驚天地動鬼神，莫回首，慘狀不忍睹。

越過田野，爬過一山又一山，跌倒了又爬起來，樹枝藤蘿穿破我們的衣裳，刺得我們遍體鱗傷。逃到山區親戚家，鎮上的槍砲聲仍在緊鑼密鼓地響個不止。

山區雖然離鎮上二十多里路，但仍草木皆兵人心惶惶，隨時準備逃難，把雞鴨關在籠裡，把豬、牛、糧食運藏到偏僻的地方去。

戰事進行了十多天，鎮上終於恢復了平靜，逃難的人們從四面八方回到居住的地方。

經過了那場戰火，我覺得自己好像長大了許多，我懂得了人間有戰爭，感受到了妻離子散，流離失所的悲傷。

戰後的家園百廢待興，我不再有童年的快樂，我學做重活，幫助父母分勞，重建家園。

很不幸，不幾年父母積勞成疾相繼去世。家境貧窮，我難以維生，只得與人招郎入婿，尋求附身之所。

過了三年多歡樂美好的夫妻生活，不測之風雲襲向我，這一天我到墟場趕集，兩個鄉公所的隊兵走向我，對我說：「到鄉公所去一趟。」我問情由，他們不回答，到了半路才說：「我們很同情你，所以對你說吧，你的那個吃喝玩樂吸鴉片的堂兄，與弱肉強食的地頭蛇保長聯手把你賣壯丁得了一大筆橫財，你要代替別人去當兵了！」

我氣憤：「我要去找他們！」

「你奈何不了他們的，要找等你當兵回來再找，希望你能爭氣，帶點光彩回來給他們看看。」

第二天我被押上船，順流而下送往縣城。我站在船頭上，故鄉越離越遠越迷濛，當故鄉的景物即將在眼前消失，我大喊一聲：「我會回來的。」

從縣城走了七天路到廈門，一路上，心茫茫，意茫茫，不知此去何方，幾時才能回到生長的地方！

廈門港灣我登上艨艟巨艦，當起航的鳴笛響起，我心碎腸斷，淚洒船艙。

幾天後，巨艦把我送到了千里外，從此天涯海角，與家鄉親人生死兩茫茫，多少個夜晚，故土夢重歸，覺來雙淚垂，心愴愴。

鄉愁濃如霧，所幸，不多久我便立下志向，將來我要帶著成就回故鄉，於是我把思鄉情懷暫時擱到一旁。

「我要考軍官，我要當作家。」我雄心萬丈，壯志凌霄汗。為了實現理願，我發奮求進，努力不懈。

可是幾年後，我有過自甘惰落的時候，原因是一連兩年投考軍官學校都榜上無名。寫作上也連連退稿。一個晚上，無星也無月，大地一片黯茫，我買了一瓶小高粱，坐在營區一角的草地上，一口一口地喝著悶酒，一次一次喃喃自語：「從此不再追求什麼，讓幾十年人生清閑過，落得安樂！」

一瓶酒喝完了，沉思了一陣，內心深處發出一句話：「如果我一事無成，怎麼對得起父母養育我的一片苦心！」

於是我丟掉手中的酒瓶，霍地從草地站起身，告訴自己明天以後要怎樣做，這時月亮露出雲層，光芒照亮了大地，照亮了我的心靈，照亮了我的前路。

就在第二年，我考取了政戰學校，寫作上也小有成就，發表了幾篇初試啼聲的短稿，我喜上加喜，感覺到人生登上了一層樓，歡欣地唱起了歌。

政戰學校畢後，分發到東引擔任「東湧日報」編輯，後調金門，受聘為「正氣中華日報」特約記者，這兩個經歷給了我很大磨練，也讓我在寫作上創出了好些成就。從金門調回台灣時，我是帶著豐收的成果登上船艦的，那時，大海碧波萬頃，海鷗凌波飛翔，我的心情與海鷗齊飛，好飄逸！好愉悅！

歲月不留人，不覺老之將至，在有生之年能回故鄉與家人歡聚一堂，是最大願望。年復年期盼，終於曙光乍現，政府開放大陸探親，天涯遊子有人還鄉路，心花怒放！一個風和日麗四月天，我喜洋洋回故鄉，心裡唱著歌。

回到生長的土地上，與家人久別重逢，悲歡淚流千行！

故鄉青山依舊，人事卻大非從前，妻已改嫁成了他人婦，心中有所遺憾，但我還是安慰她沒有做錯。

弟弟告訴我：「哥，藍友文和藍金標都不在人間了，他們的後半生過得很悲慘。」一個鄉親不屑說：「還提他們做什麼？那兩個爛仔！」我向他們表示：「即使他們還在世，我也不會去找他們追究，當年如果不是他們使我離鄉背景，我不可能有今天的人生境界。」

我原想，回到家鄉我要去巡視我家的山林田疇，我要去祭拜祖先墳墓，我要為家鄉做公益事業。我要到小時後放過牛的地方去看草原是否依舊，我要到小時候摘過果子的山上去看當年的果樹是否仍在。

我要登上明峯頂，那是家鄉最高的一座山峯，站在峯頂放眼四望，萬山來朝，無限江山，童年時我登上過明峯頂一次，站在最高處長嘯一聲，立下宏願，長大後我要在這裡築一座城堡，做萬山之王。

我要到小時候到過的每一個地方去，拾撿童年腳印，拾撿童年歡笑，把腳印編成詩，把歡笑編成歌。

可是天不從人願，只欣逢家鄉修編族譜，我稍盡綿薄，作了一份贊助，其他的願望都沒實現，原因是身罹重疾，行動困難，要用腳走路才能到達的地方，都無法前往。

在家鄉住了十天，吃盡家鄉美食，沐浴了家鄉無限溫情，親人對我的關愛，我永遠難忘。

相見又別離，情依依！故鄉無限好，我對親人說：「我還會回來。」可是到如今十多年過去了，身體日衰，千山萬水路難行，無法再踏上歸途，只有用筆墨發抒思鄉情懷，並祝親人安康。

行筆至此，夜已靜，窗外月白風清，我毫無睡意，明天是我八十三歲生辰，兒女要回來給我慶生。我在滿懷幸福感之餘，詠了一首歌為自己助興：

人生七十古來稀，
我年八十有三矣！
回首來時路，
曲折、坎坷、崎嶇。
數十寒暑人生，
得失難計，
珍惜得到了的是滿足，
遺憾失落了的徒唏噓！
常聽枝頭鳥啼唱，
添加生活情趣，
是福也是喜。

語言文學類　PG0507

故鄉的樟樹下

作　　者／藍振賢
責任編輯／蔡曉雯
圖文排版／蔡瑋中
封面設計／蕭玉蘋

發 行 人／宋政坤
法律顧問／毛國樑　律師
印製出版／秀威資訊科技股份有限公司
114台北市內湖區瑞光路76巷65號1樓
電話：+886-2-2796-3638　傳真：+886-2-2796-1377
http://www.showwe.com.tw
劃撥帳號／19563868　戶名：秀威資訊科技股份有限公司
讀者服務信箱：service@showwe.com.tw
展售門市／國家書店（松江門市）
104台北市中山區松江路209號1樓
電話：+886-2-2518-0207　傳真：+886-2-2518-0778
網路訂購／秀威網路書店：http://www.bodbooks.tw
國家網路書店：http://www.govbooks.com.tw
圖書經銷／紅螞蟻圖書有限公司
114台北市內湖區舊宗路二段121巷28、32號4樓
電話：+886-2-2795-3656　傳真：+886-2-2795-4100

2011年01月BOD一版
定價：270元
版權所有　翻印必究
本書如有缺頁、破損或裝訂錯誤，請寄回更換

Copyright©2011 by Showwe Information Co., Ltd.
Printed in Taiwan
All Rights Reserved

國家圖書館出版品預行編目

故鄉的樟樹下 / 藍振賢著. -- 一版. -- 臺北市 : 秀威資訊科技, 2011. 01
面； 公分. --（語言文學類 ; PG0507）
BOD版
ISBN 978-986-221-701-6（平裝）

855 99026498

讀者回函卡

感謝您購買本書，為提升服務品質，請填妥以下資料，將讀者回函卡直接寄回或傳真本公司，收到您的寶貴意見後，我們會收藏記錄及檢討，謝謝！
如您需要了解本公司最新出版書目、購書優惠或企劃活動，歡迎您上網查詢或下載相關資料：http:// www.showwe.com.tw

您購買的書名：________________________________

出生日期：________年________月________日

學歷：□高中 (含) 以下　□大專　□研究所 (含) 以上

職業：□製造業　□金融業　□資訊業　□軍警　□傳播業　□自由業
　　　□服務業　□公務員　□教職　□學生　□家管　□其它_____

購書地點：□網路書店　□實體書店　□書展　□郵購　□贈閱　□其他

您從何得知本書的消息？

□網路書店　□實體書店　□網路搜尋　□電子報　□書訊　□雜誌
□傳播媒體　□親友推薦　□網站推薦　□部落格　□其他__________

您對本書的評價：(請填代號　1.非常滿意　2.滿意　3.尚可　4.再改進)

封面設計____　版面編排____　內容____　文／譯筆____　價格____

讀完書後您覺得：

□很有收穫　□有收穫　□收穫不多　□沒收穫

對我們的建議：________________________________

____

____

____

請貼
郵票

11466
台北市内湖區瑞光路 76 巷 65 號 1 樓

秀威資訊科技股份有限公司 收

BOD 數位出版事業部

....

（請沿線對折寄回，謝謝！）

姓　　名：__________________ 年齡：_______ 性別：□女　□男

郵遞區號：□□□□□

地　　址：____

聯絡電話：(日) __________________ (夜) __________________

E-mail：____